बिना कलिंग विजय के

बिना कलिंग विजय के

यतीन्द्र मिश्र

वाणी प्रकाशन
प्रकाशन के उत्कृष्टतम 61 वर्ष

पेपरबैक पहला संस्करण : 2024

vaniprakashan.com

वाणी प्रकाशन

4695, 21-ए, दरियागंज, नयी दिल्ली-110 002

फ़ोन : + 91 11 23273167, 23275710

शाखाएँ

अशोक राजपथ, पटना-800 004, बिहार

कॉफ़ी हाउस कैम्पस, महात्मा गांधी मार्ग, प्रयागराज-211 001, उत्तर प्रदेश

महात्मा गांधी अन्तरराष्ट्रीय हिन्दी विश्वविद्यालय, वर्धा-442 001, महाराष्ट्र

sales@vaniprakashan.in
vaniprakashan@gmail.com

Bina Kaling Vijay Ke
by Yatindra Mishra

ISBN : 978-93-6287-950-9

Poetry Collection

मूल्य : ₹ 399

आवरण-चित्र : के.जी. सुब्रमण्यम
द रीपर, काग़ज़ पर जल व तैलरंग, 1998
आकल्पन : मनीष पुष्कले
कवि छायाचित्र : अविरल सक्सेना

सिटी प्रेस, दिल्ली-110 095 में मुद्रित

वाणी प्रकाशन का लोगो मक़बूल फ़िदा हुसेन की कूची से

श्रीमती ज्योत्स्ना मिश्र

अम्मा के लिए

जिन्होंने मुझे गढ़ा, संस्कार दिये, समाज में सम्मान से बने रहना सिखाया, ढेर सारा प्यार उड़ेलकर असमय ही छोड़ कर चली गयीं...

संसार की सारी कविताओं की एक पोथी बना दूँ, तो भी उनके स्नेह का एक अंश भर उनको लौटा नहीं सकता, इसी ख़ला के साथ अब बाक़ी की शेष ज़िन्दगी गुज़ारनी है। शायद इस संग्रह से अलग, मेरे लिए सबसे बेहतर कविता उनका मेरा नाता था, जिसे कभी उतनी गहराई से लिख न सकूँगा...

यह कविताएँ...

मेरा पिछला संग्रह 'विभास' बारह वर्ष पूर्व प्रकाशित हुआ था। बाद में कविताएँ लिखने का क्रम जारी रहा, मगर कथेतर गद्य में व्यस्त होने के चलते संग्रह प्रकाशन का मौक़ा बन नहीं सका। हालाँकि, कविताएँ निरन्तर लिखता रहा और अध्ययन में कविताओं की सोहबत लगातार शामिल रही। एक दशक से ज़्यादा के अन्तराल के बाद मेरी सौ कविताओं का संग्रह प्रकाशित हो रहा है।

विगत अप्रैल माह में मेरे जीवन के सबसे कठिनतम क्षणों में से एक समय वह आया, जब मेरी माँ इस नश्वर संसार को छोड़कर चली गयीं। उस पीड़ा की घड़ी में ख़ुद को उनसे जुड़े रहने का सबसे बेहतर तरीक़ा मैं यही ढूँढ़ सका कि कविताएँ लिखकर मैं अपनी माँ से संवाद करूँ। जो अनुपस्थिति है, उसकी उपस्थिति का बोध महसूस करने की छटपटाहट... इस तरह माँ पर कविताएँ लिखता रहा और उनके वात्सल्य की आँच को अपने भीतर बटोरता चला गया। इसी दौरान यह लगा कि अपनी शेष कविताएँ, जो पिछले लम्बे समयान्तराल में फैली हैं और कुछ सांस्कृतिक विषयों, शहरों, संगीत विषयक और ऐतिहासिक सन्दर्भों वाली इधर लिखी कविताएँ एकत्र की हैं, उनका एक संचयन तैयार करना चाहिए।

इसी विचार के तहत मेरा नया कविता-संग्रह 'बिना कलिंग विजय के' आकार ले सका। 'विभास' से लेकर इस नये संग्रह की यात्रा तक, जीवन में उपलब्धियों और ख़ुशियों से अधिक पारिवारिक स्तर पर दुःख और बिछोह का साक्षी बना हूँ, जिसने मेरी सोच और व्यक्तित्व को कई स्तरों पर झकझोरा है। शायद मेरी लेखनी में भी वो बदलाव आपको नज़र आये। यही प्रयास करता रहता हूँ कि मनुष्यता के पक्ष और समावेशी संसार की रहवारी में मेरा शेष जीवन और रचनात्मक यात्रा बीते।

चार भागों में विभक्त यह संकलन पहले खण्ड में ऐतिहासिक और सांस्कृतिक सन्दर्भों, दूसरा खण्ड समकालीन प्रश्नों और वैचारिकी, तीसरा खण्ड परम्परा के

पुनर्लेखन और संगीतात्मक कविताओं को गद्यात्मक ढंग से बरतते हुए तथा अन्तिम खण्ड माँ से मेरे रिश्ते, प्रेम और बिछोह पर आधारित है।

इन वर्षों में मुझे कविता लिखने और उसे प्रकाशित करने के लिए लगातार दबाव बनाने वाले जिन प्रिय मित्रों ने घेरकर रखा, उन सभी का आभार, जिनके निमित्त यह संग्रह साकार हो सका। इनमें श्री गुलज़ार साहब, प्रताप सोमवंशी भाई, प्रिय मित्र पीयूष दईया, नीलेश रघुवंशी, ओम निश्चल और शुभम तिवारी का आभारी हूँ। इस संग्रह को अपने सुझाव से इसे व्यवस्थित रूप में प्रकाशित करवाने के लिए सहयोग करने के लिए मेरे प्रिय अग्रज कवि आशुतोष दुबे और अनुजवत प्रिय अम्बर पाण्डे का विशेष धन्यवाद। आशुतोष जी ने इन नयी कविताओं की प्रस्तावना लिखी, अम्बर पाण्डे ने कविताओं का पाठ करते हुए सार्थक सुझाव दिये, जिसमें संग्रह का शीर्षक भी शामिल है। आत्मीय मित्र, चित्रकार मनीष पुष्कले द्वारा संग्रह के आकल्पन और सज्जा करने के लिए विनम्र आभार। दोनों बहनें, मंजरी और शुभांगी मेरी हर कविता की पहली पाठिका हैं, उन्हें असीम स्नेह। मेरे सहयोगियों अश्वनी शुक्ल, अजय पाठक और अरविन्द तिवारी का आभार। वाणी प्रकाशन समूह का हार्दिक धन्यवाद, जो मेरे हर लिखे को नया जीवन देते हैं।

विजयादशमी, 2024 **–यतीन्द्र मिश्र**

अनुक्रम

क्या सुर की कोई स्थायी वेदना होती है...

हज़ार तरीक़ों से होकर गुज़रता रौशनाई का रास्ता...

दो युगों की सन्धि-प्रकाश बेला में...

हम सब में टूट-टूटकर बिखरा तुम्हारा होना...

क्या सुर की कोई स्थायी वेदना होती है...

बिरहिनी मन्दिर दियना बार...

—यारी साहब

1

बिना कलिंग विजय के...

हर महत्त्वाकांक्षी मन अशोक होता है
अकसर परिणति होती कलिंग

आकांक्षा आरोहण के लिए
इतिहास में हर बार चारों तरफ़
भेजे जाते महेन्द्र और संघमित्रा
जीता जाता इसी तरह पूरा विश्व
शान्ति की आस में हिंसा के उपरान्त

स्पर्धा से परे कामना वाला जीवन
अप्रतिहत रहता है सदा
दुरभिसन्धियों और राज्य विस्तार से
अनासक्त रहा आया मन
बुद्ध की तरह
अश्वत्थ वृक्ष के नीचे बैठा
मधुमालती लताओं से आच्छादित
पूछता स्वयं से अपने होने का मर्म

बिना कलिंग विजय के जिया जा सके
बाक़ी का सारा जीवन...

2

सरोवर व्यथा

प्रेम की साक्षी अनामिका में
सुशोभित अँगूठी शकुन्तला की
सरोवर के जल में उतरते ही निगल गयी
उसे एक मछली
सरोवर में ही उत्पन्न श्वेत कमलनाल में
छुपे रहे इन्द्र, शची के वियोग में

एक सरोवर के पास
मूर्छित पाण्डव पुत्रों में ज्येष्ठ
करते रहे यक्ष के प्रश्नों का
समाधान

जहाँ भूल से वध हुआ
उस सुकुमार बालक का
वो भर रहा था जल
अपने माँ पिता की तृषा बुझाने को
वहाँ भी सरोवर की उपस्थिति थी

सरोवर के अनेक छन्द
अनसुलझी कथाएँ
जल और बहाव के कदाचित
ढेरों प्रसंग से

परम्पराओं के रंगमंच की
जाने कितनी कृतियाँ जन्म लेती हैं

बस उसमें नहीं होता कोई संकेत
सरोवर की व्यथा का...

3

शिशिर और आग

शिशिर की काँपती रात में
अलाव के चारों तरफ़
नाच रहे बाला और मरदाना

कभी खंजड़ी
कभी चिमटा
कभी तंबूरा बजाकर

वो जितना नाचते
उतनी ही इठलाती आग

शिशिर में आधी रात
झरती ओस की नम धरती पर
फैलता मोह और लगाव का संगीत

वो जितना नाचते जाते
उतनी ही फैलती बस्ती में
गर्माहट की साध...

4

मॉनेस्ट्री

प्रार्थना के लिए
स्वयं को दूर कर लेते हैं भिक्षु
संसार से

निर्जन गुफाओं में, खोहों में
पहाड़ों की अबूझ शरण में
मठ में एकान्त तलाशते

शान्ति की खोज
भीतर के मौन को पाने का यत्न
संसार में मिलने वाले कष्टों को
अकेले में समझने का जतन

हर जगह
यही जतन कि अन्दर का शोर
पा सके विश्रान्ति
कोई ठिकाना

शेरपाओं के पुराने प्रचलित मन्त्रों
बरसों से चली आ रही
औषधियाँ आसव और लेप के तरीक़े
धीमी लय में ध्वनि गुंजार करते हुए
मन्त्रों का बुदबुदाना...

सब मिलकर बनाते हैं

प्रार्थना को जितना रहस्यमय
उतना ही खोल देते हैं
जीवन में कुछ छूटने का भय

घाटियों में जो प्रार्थना चलती है
या कि अन्दर के प्रश्नों से मुठभेड़

दरअसल वह
मन को मॉनेस्ट्री बनाने जैसा है
स्वयं को रिक्त करने की योजना

भले ही भिक्षुओं और शेरपाओं ने
मन्त्रों की शक्ल में दूर तक
सजाई होती हैं रंग-बिरंगी
उड़ते हुए अश्व की भाँति
चौकोर ज्यामिति की लुंग-ता पताकाएँ

आनन्द की आकांक्षा
शान्ति की खोज
और अनसुलझे प्रश्नों के हल
फिर भी अन्दर के मठ में
विचार की तेज हवा के संग
लहराते रहते हैं...

5

भीतर का कालिय-दमन

गेंद लेने कूद गये कन्हैया
जमुना के श्याम नीर में छपाक
कालिय नाग को खेल-खेल में छका
ले आये जल के ऊपर
अपना प्रिय कन्दुक
और कालिया के पराक्रमी होने का भान

कूद जाते हैं ऐसे ही हम
भीतर बहती सरिता में
बाहर निकल आता है कभी
स्वयं को प्रसन्न रखने वाला कोई खिलौना
गेंद की तरह का गोल-गोल उछलता कोई विचार

याद नहीं रहता ये द्वापर नहीं है
अन्यथा आत्ममुग्धता ताक़त और दर्प का सहस्रफण
नाथ सकते जमुना के जल से उतराते हुए
बजाते शान्ति की मधुर सुर-बाँसुरी...

6

चूड़ामणि

वैदेही ने उतारकर दे दी
चूड़ामणि
बताना रघुवीर को
अरण्य से लगते एक स्थान को
जिसे लंकाधिपति
अशोक वाटिका कहता है
वहीं कारावास गुज़ारती
शोक में है
अयोध्या की कुलवधू

महावीर ने चूड़ामणि ऐसे सँभाली
जैसे सँभालती है एक गर्भिणी
अपने गर्भ को अत्यन्त दुलार और आदर से

इधर जानकी को भी
प्राप्त हुई राघव की मुद्रिका
अपने स्वामी की निधि
ले आये थे पवनपुत्र

चूड़ामणि पहुँच गयी
रघुनन्दन के पास
पहुँच गया सन्देश भी
ऐश्वर्य से आच्छादित

परदेस में अप्रतिहत हैं जानकी
रावण के क्रोध वीरता क्षण-क्षण दी जा रही
भय की युक्तियों से

एक जय कथा इस तरह भी जाती है इतिहास में

जहाँ पराक्रम और सत्य के सहोदर में
चूड़ामणि
स्त्री का एक आभूषण
युगों तक विमर्श में चला आता है...

7

पंढरपुर

गले में अधखुले हार जैसा
मंजीरा डाले एक आदमी
गाते हुए दूसरे को पकड़ाता भक्ति की लय
दूसरा पसार देता चारों तरफ़
झाँझ, चिपली और तंबूरे की आवाज़ में अन्दर की पुकार

पंढरपुर में गलियां गूँजतीं
वारकरियों की साधना
उनका सजल कोरस कण्ठ विठोबा के लिए गाते हुए
समय को ठेका और ताल देता रहता है

सफ़ेद रंग को धारे सब के सब
अपने संकीर्तन से
सरगम में कई रंग का गुलाल घोलते हैं
उधर विठोबा और रुक्मिणी के मन्दिर से
रंग-सुरंगी पताकाएँ लहराती रहतीं

नारदीय परम्परा हो
हो सवाल-जवाब के बहाने भागवत कथाएँ
या अभंग के चेतावनी देते बोल
कुछ ढोल, कुछ डफली कुछ झाँझ में
डूब जाता एकबारगी पंढरपुर...

उधर एकनाथ तुकाराम ज्ञानेश्वर से पूछे बग़ैर
हिलोरें भी नहीं लेती चन्द्रभागा...

8

चिदम्बरम

इस नगर से गुज़रो
धड़कता है सैकड़ों सालों का लेखा-जोखा
लाल रंग के कपड़े में बँधी किसी
जीर्ण पाण्डुलिपि की पोथी सा चिदम्बरम

पल्लव, चोल, पांड्य विजयनगर
तंजावुर नायकों के साम्राज्य
अवशेष सँभाले
इतिहास कथा में आज भले मौन है
मगर कभी तो सुनाता था वह अपने
शौर्य और विजय की गाथाएँ

बाण-तूणीर की सधी मुद्राएँ
खड्ग, गदा, ढाल और भाले सँभाले अश्वारोही
गजध्वज सेनाओं की
साक्षी बनती वेल्लार नदी
बहा ले गयी अतीत के शिलापट पर
साम्राज्यों की स्वर्णिम आभाएँ

चिदम्बरम एक समझदार सयाना बुज़ुर्ग
जैसे हमारा पुरखा

उसे मालूम है काल के पास क्षमा नहीं है
उसके पंचांग में वेगवती समय की धारा

रखी हैं
उसके कालपात्र में
ऐश्वर्य, वीरता और त्याग की अनेक खण्डित प्रतिमाएँ

जो बदलता नहीं इस नगर को अतीत से
वो नृत्य में डूबे सदाशिव नटराज हैं
अपनी चपल गतियों से सृष्टि को सँभाले
जिनका एक चरण
इसकी धरती को करता स्पर्श

राजा-महाराजाओं, सामन्तों,
नगर श्रेष्ठियों और महामात्यों से अलग
बूढ़ा चिदम्बरम देखता पलटकर
वेल्लार के अप्रतिहत बहते जल को

आस्था के भार से झुके चले आते
शिव आराधक
जिनके हाथों में बाण नहीं
कमण्डल में जल धारने के लिए
गंगा आ बिराजतीं

नगर में दिवसावसान के क्षण
डमरू की आवाज़ सुनाई देती
जब कोई नर्तक भरता
अपनी कला की गतियों में
नटराज की सी भंगिमाएँ...

9

हम्पी

गरुड़ लुप्त हुआ पुराणों को सुनते-गुनते
वैसे ही नष्ट हो गयी
एक नगर की जीवन्त सुरम्यता
हम्पी चला गया कहीं दूर छिटककर
जैसे अन्तरिक्ष के मनके से टूटकर बिखर जाये शुक्रतारा

पम्पा सरोवर की अनगिनत छवियाँ
और अंजनाद्रि पर्वत पर उगने वाली वनस्पतियाँ
हम्पी को बनाती थीं अजेय और अपौरुषेय

विजयनगर साम्राज्य की अनेको शौर्य गाथाएँ
बस काग़ज़ के पन्नों पर दमकती हैं आज
जैसे भोजपत्र पर उकेरा हुआ अहर्निश चमकता
राम और सुग्रीव की मित्रता का साक्षी यह नगर

रथों, घोड़ों, चँवर और मोरछल से
सजी आती सेनाएँ कहाँ हैं अब?
काल के सबसे पुराने सन्दूक में बन्द होकर
उनके सैनिकों के शस्त्र मुरझा गये हैं

बची रह गयीं स्थापत्य की कुछ भग्न निर्मितियाँ
कथाओं के अन्तःपुर की किंवदन्तियाँ

शौर्य गाथाओं का इतिहास
पड़ जाता धूमिल समय के दर्पण में

बचा रह जाता मात्र विस्मृत कथाओं का
एक छोटा सा झरोखा
जैसे कि गरुड़, जैसे कि हम्पी...

10

रघुराजपुर

कोणार्क और कलिंग के मध्य
साधारण से मार्ग के अन्दर धँसने पर मिलता एक गाँव
थोड़े से रंग-बिरंगे घरों तक जाता रास्ता
सजे हुए किवाड़ों, झरोखों और चौखटों का सुन्दर सा देश

दिन की अलसाई दुपहरी में इधर से गुज़रो जब कभी
कला का धड़कता हुआ प्रदेश मिलता है यहाँ

लोग अपने हुनर में डूबे
बड़े से कागज़ या कैनवास पर
रचते रहते अपने समय से दूर के दृश्य
वर्तमान में जिसके होने की कोई सूचना
किसी सरकारी राजपत्र में लिखी नहीं मिलती
न ही अजातशत्रु और गंगवंश के राजा नृसिंहदेव को
इसके अस्तित्व का रहा आया भान

कुछ लोग हैं जो सदियों बाद आज तक दर्ज़ करते रहे
सूर्य मन्दिर का बनना और कलिंग युद्ध का भीषण रक्तपात
पुराणों उपनिषदों, जातकों की चकित सी अलौकिक दुनिया
उतरती रही इनकी चित्रकारी के मानचित्र पर सदैव

पटचित्रों को जन्म देने वाला गाँव करता रहा अंकित
रुक्मिणी, बलराम, सुभद्रा की कथाएँ
कूची से निर्मित होती जगन्नाथ की रथयात्राएँ

भक्ति के अछोर का कल्पना के पट पर उतरना
रंगों के सघन वन में रक्तपात
और युद्ध विभीषिकाओं को फीका करते जाना है...

दरअसल रघुराजपुर
समय की चादर पर पुरा-कथाओं का
इतिहास लेखन भर है
उसमें कितनी ऐसी कहानियाँ रहीं सम्मिलित
जिनको कोणार्क, कलिंग, पुरी या उड़ीसा
अपनी फ़ाइल में दर्ज़ करने से चूकता रहा हर बार...

11

माण्डू

बिलासखानी तोड़ी के स्वर पर
बहती चली आती एक प्रेम कहानी

कैसे एक रूपमती रानी और बाज़ बहादुर
पड़े प्रेम के गोपन यवनिका की ओट में

एक राग बदस्तूर सँवारता है
सुनने वाले का मन
एक सन्ध्या उतरती उस स्त्री के भीतर
जो लिखने लगी प्रेम की पाती छोड़ कविताएँ

धड़कता रहा एक शहर
बन्दिशों के बनने में
रागमालिका के व्याकरण चढ़ने में

आती रही प्रेम में डूबी पुकार
जैसे बिलासखानी तोड़ी भूलकर
कोई गा रहा हो गोरख कल्याण

इधर पर्यटक टहलते उन खण्डहरों में
जिनसे आती रूपमती और बाज़ बहादुर की आवाज़

इस तरह माण्डू एक शहर बनता
इस तरह वहाँ प्रेम का खरज़ भरता...

12

चातक और पपीहा

ऐसा कोई नक्षत्र नहीं जिसका पानी
उसकी प्रतीक्षा करता हो
जिस चन्द्रमा को निहारता वो
उसे मालूम ही नहीं धरती पर
उसकी आस में टकटकी लगाये
जागता रहता सारी रात एक विहग

वेदना में डूबी एक स्त्री
भेजती पाती हर दिन अपने प्रियतम को
इस उम्मीद में कि उसकी बानी
उस चिड़िया से मिलती है
जिसे चाँद से मिलने की आस है

जाने कितने पल
अबूझ से बीते ढेरों काल
खो जाने की टीस में गुज़र जाते
कितने ही रिश्ते, प्रेम के तटबन्ध

पार नहीं उतरती चाहत की नदी
नौका दूर से दिखाई देती है

रबीन्द्रनाथ पीड़ा की हूक को
ढूँढ़ते रहते अपने लिखे हर दूसरे गीत में
एकाकी मन को बाँधते
रात में बेकली से आँखों में
उतर आये मालकौंस के सुरों से

विरह में पगलाई औरत

अपना रूखा सा जूड़ा बाँधते हुए
उस पक्षी की भाषा सीखना चाहती है
जो चन्द्रमा के पास जाना चाहता है

कितनी लिखी जा चुकी
और कभी न लिखी जाने वाली
कविताओं की स्याही पुरानी पड़ती जाती
पीले होते काग़ज़ पर

विरह और बिछोह
जो कभी-कभी शब्दों का भी है
उसके चातक और पपीहा
अपने हिस्से का अंगारा और पानी तलाशते रहते अनथक

मालकौंस का स्वर फिर भी चुकता नहीं
चन्द्रमा हर रात निकल आता है
रबीन्द्रनाथ लिखते रहते
एकाकी मन को सहेजने का
विलम्बित गीत...

विरह में पानी से बिछुड़ी मछली की मानिन्द
तड़पती स्त्री
कभी पानी कभी चाँद
कभी चकोर कभी पपीहा
कभी गीत कभी पीड़ा
कभी संगीत कभी मालकौंस
कभी न लिखी जाने वाली
कविता हो जाना चाहती है...

13

राधा के लिए शिशिरागम

आकाश से बृजमण्डल में गिरा मन्दार पुष्प
राधा की आधी गूँथी वेणी में
उलझकर रह गया पारिजात कुसुम
एकादशी के किसी पवित्र नक्षत्र
गोपाल के द्वार पर बन्दनवार में
लटकती बेले की मालाएँ

कुमुदिनी, चम्पा और मनोकामिनी की
सुगन्ध में सुवासित रंगनाथ का मण्डप

राधा सोचती है
किस आकाशगंगा
किस सुमेरु पर्वत
किस भागीरथी की तलहटी
से लाये चुनकर
आस्था कुसुम?

कौन से पत्र-पुष्प की सुगन्धि से
जागेंगे त्रिविक्रम?

कहाँ जायेंगी
देव को अर्पित
अधसूखी मालिकाएँ?

बिना केशव के
किस तरह मन में होगा
शिशिरागम?

14

एक पियानोवादिका और चार नौजवान

मशहूर पियानो वादिका
लौटती है अपनी बेटी के पास
जिसे भुला दिया था उसने

उसके जीवन के सुर पियानो
रीड के मूल स्वर से
उतर गये थे जैसे

कई सालों बाद
माँ और बेटी बाँटती हैं
आपस की तल्खियाँ
कितना दुखाया दिल
एक दूसरे का...

किसी दूसरे देश में
चार नौजवान मिलकर थामते हैं
कला के रहस्य को आपसी सहकार से

संगीत के बहाने
सुरों को नये अन्दाज़ में पिरोते हुए
बन जाती है एक निराली दुनिया...

एक दृश्य पर समय का परदा पड़ा है
दूसरे दृश्य में काल को समय से
बाहर ले जाने का जुनून है

पियानोवादिका और बेटी
अपने ही जीवन में हैं उलझी
इस तनाव में कुछ राहत भी कौंधती
बजता जब शोपेन का प्रील्यूड नम्बर दो
ए माइनर में

चारों युवक
अपने असन्तोष की क़ैद से बाहर
लोक की दुनिया को बनाते हैं आधुनिक

ग़ौर से देखें तो हाथ आता
यही सच सामने
संगीत बदल देता है परिस्थितियाँ

भावनाएँ एक ही सुर को दामन में
सँभाले हुए
बदल देती हैं ढर्रे पर चलते हुए
जीवन के नीरस अभिप्राय...

सन्दर्भ : इंग्मार बर्गमैन की फ़िल्म 'ऑटम सोनाटा' और इंग्लैंड के प्रसिद्ध रॉक बैंड बीटल्स की कहानी के आधार पर।

15

माँझे का गीत

वे औरतें माँझे का गीत गाती थीं
अपने मोहल्ले, किसी रईस के घर
या शहर के बाहर जाकर

वे औरतें
कभी माँझा, हल्दी, मेंहदी
तो कभी बधावा गाती थीं
लखनऊ के नक्ख़ास की गलियों
मुनीर मंज़िल की बैठकों
और चौक की पुरानी रवायती
गाने-बजाने वाली ड्योढ़ियों से
उनका बुलावा बाहर जाता था

वे जानती थीं किन चीज़ों से मोहिनी पड़ती
एक इन्सान पर
और आधी रात के बाद
महफ़िलें क्यों महकने लगती थीं

मुबारकबादी, सेहरा, बन्ना, माँझे का गीत
शगुन की सीखी सिखाई वे बन्दिशें
जिन्हें गाने के बाद नौशे का सेहरा
बन्नी का घूँघट दमकता था

थोड़े से रुपयों नेग में मिली साड़ियों
थाली भर अनाज और मिठाइयों की एवज़ में
सिसकती थी उनकी ज़िन्दगानी

जानती थीं उनका मनाया सुहाग और मंगल
बस रात-भर का जीवन ही पाता रहा है

कभी हरसिंगार फूल के डण्ठल वाले रंग का
जड़ाऊ दुपट्टा ओढ़े गाती रहती थीं
भोर अँधेरे तक माँझे का गीत
और हारमोनियम पर एक भी ग़लत सुर लग जाये
तो काँपती थीं उनकी रूहें
जैसे ज़िन्दगी भर इन्तज़ार करते-करते थक गयी हों
उनकी चौखट पर भी कोई आयेगा उन्हें ब्याहने
माँझे का जोड़ा पहनकर

वे उलाहना भरे अन्दाज़ में
जब बधावा या मनरजना गाती थीं
तो इस बात से बख़ूबी वाक़िफ़ रहतीं
भले ही वे सोने की तिलड़ी
या जड़ाऊ कंगना माँग रही हों गाकर
गौनिहारिनों की विदाई में
सुनहरे धागों से उतर गयीं साड़ियाँ
काँच की चूड़ियाँ ही मिलने वाली थीं

माँझे का गीत उनके लिए
सारी ज़िन्दगी बस इतना भर रहा
पूरे सुर में ब्याह-शहाना के वक़्त गाकर
उन्हें भोर उगते ही अगले शगुन के लिए
दूसरे शहर निकल जाना था...

16

तिलोदकी गंगा

सरयू की तरह ऊर्जस्वित होकर नहीं
प्रशान्त गति से सकुचाती बहती थी
अयोध्या में तिलोदकी गंगा
मणिपर्वत के चारों ओर
जब श्रावण में तीज के दिन झूलन-विहार
को आते थे मन्दिरों के गर्भगृह से निकलकर
जानकी-रघुनाथ
ऐसा पुराने लोग बताते थे
तिलोदकी गंगा पखारती थी चरण
रघुवीर का, जो सिया संग बगिया में लेते थे
झूले पर हल्की-हल्की पेंगें

सरयू में तो अन्तिम अवगाहन किया था राम ने
तमसा के तट पर अयोध्या को तज चले गये थे वनवास
धेनुमती और मंजूषा के जल को दिया था आशीष
वहीं तिलोदकी गंगा, जो काल के प्रवाह में लुप्त हो गयी थी
सरस्वती की तरह चरण पखारकर ही मना लेती थी
राम के अभ्युदय का मंगल

रसरंगमणि, युगलप्रिया और कृपानिवास जैसे
जाने कितने सन्त, गवैये, बन्दिशकार रचते रहते थे
राम और तिलोदकी के बहाने साकेतपुरी का वैभव

इसी के तट पर चार बार चातुर्मास किया था गौतम बुद्ध ने
जैसे उनको ज्ञान था कि कैवल्य के मार्ग पर
जाने के लिए तिलोदकी का सामीप्य आवश्यक था

वह नदी थी पुण्यदायिनी
वह बुद्ध को अपने तट पर देती थी निमन्त्रण ठहरने के लिए
वह रघुनाथ और जानकी का आनन्द मनाती थी
उसे मालूम था अयोध्या जो कभी
विशाखा और भूबैकुण्ठ थी इसी धरती पर
उसे सरयू के साथ सहोदर भाव से बहना था निरन्तर

ये अलग बात है आज वो लुप्त है
इस पुण्यदायी नगरी के मानचित्र से
जैसे सरस्वती जा चुकी हैं पुराकथा के पन्नों पर...

फिर भी, तिलोदकी गंगा का बहना
सिन्धु नदी के समान मानता आया स्कन्द पुराण
उसे तिल के समान श्याम वर्ण जल के कारण
भक्तवत्सल राम ने ही दिया था नाम...

सन्दर्भ : तिलोदकी गंगा, अयोध्या में प्राचीन काल में बहने वाली पौराणिक नदी।

17

अनंग के बाण

अपने रूप पर मोहित उसे दम्भ था
संसार उसके रचे सौन्दर्य के अधीन
प्रेमालिंगन में ही सभी देवताओं
की शरणागति
संसार के समस्त उपवनों में
जितने पुष्प और वल्लरियाँ
उतने ही भौंरे और उतना ही
शृंगार इस धरती पर

विलास के लिए धरती के सरोवर
उपत्यकाएँ, बर्फ़ से ढकी गुफाएँ,
पर्वतों में झूला डाले ढेरों तरु
और वनस्पतियाँ
जिसे सजाने के लिए
वो स्वयं ही बनता प्रजापति

पुराण कथाओं से आ जाता
ये भेद निकलकर
प्रकृति उसकी उपस्थिति
से रहती है सुवासित
अनंग बाण मारता था
प्रत्येक उस योग्य पर जिसे हरा पाना
या वश में करना देवों के बस के बाहर था

मदन शृंगार का सुकुमार देवता
थोड़ा हठीला, थोड़ा चपल
थोड़ा अपने मद में स्वयं से सम्मोहित

जब की कथा है ये
प्रकृति मात्र विलास को ही देती थी आश्रय

मन्मथ को गुमान इतना
वह कर लेगा वशीभूत
दसों दिशाओं और आकाश-पाताल को एक ही बंकिम तीर से
पंच पुष्पों के बाण से
रति के बिछाये आमोद के
चकित उल्लास से

कथा में अकसर आ जाता है घुमाव
जैसे मंच पर खेले जा रहे नाटक के बीच
आ जाते हैं कभी अचानक
शकटार विदूषक या गान मण्डली वाले

जैसा कि होता आया है
वैसे ही घटित हुआ कुछ
रति मदन के उत्सव में

बीच में आ गये अकस्मात ही
कैलास अधिपति

दर्प हुआ धराशायी
प्रेम के मांसल रूपक बचा न सके
पुष्पपावन की कला और उसके जीवन को

मारा जब उसने नीलकण्ठ विषपायी को
नीलोत्पल और नवमल्लिका चमेली से सुसज्जित बाण

जल उठा सारा अहंकार
आमोद के हठीले जल की, छल की
श्रृंगार से जग जीतने की क्षुद्र लालसा
धरी की धरी रह गयी

प्रणय को बिसरा
उन्मुक्त कुसुम क्यारियों से मुँह फेरते सदाशिव यथावत रहे

जलता रहा
कामुकता को जगाने वाला रसायन
निस्तेज होता गया
पुष्पों के षड्यन्त्र से घेरा गया चक्रव्यूह...

18

गुर्जरी तोड़ी

यह राग हमें बताता है हम अभी भी
विश्वास कर सकते हैं
रिश्तों के डोर से बँधी इस दुनिया पर
नाउम्मीदी को बुहार कर फेंक सकते हैं घर के बाहर
सूर्य के काम पर जाने से पहले तारे
जिस तरह आसमान बुहार कर साफ़ करते हैं
और आकाशगंगाएँ सजाती हैं नक्षत्रों का तोरण

इस राग के समय में हमारे
दुखों के ढेरों प्रहर बीतते हैं
सुनहरी और लाल रंग में रंगी हुई
सूर्योदय की उज्ज्वल इबारत की तरह
दुःख हर नयी लय के साथ
थोड़ा गाढ़ा होता जाता है थोड़ा ज़्यादा सुनहरा
श्रीमन्तों गुणीजनों और रसिकों के दायरे से अलग
अपनी छोटी कामना का सपना पाले हुई
एक हतप्रभ चिड़िया भी इसके सुरों को पहचानती है
और फूलों से रंग लेकर इसमें भरती है

इस राग का निर्मल पानी बचाता रहता है
हमेशा प्यास में दर-ब-दर भटकने से हमें
अनिश्चय की अन्तहीन बावड़ी की ओर
जाने से रोकती है इसकी अति कोमल आवाज़

यह हमारे अपनों के बीच का राग है
चिड़ियों की वत्सल लय से भरा
और एक स्त्री की करुण पुकार से गूँजता हुआ
शताब्दियों पहले प्रेम में धोखा हुआ था जिसे
और जो चली गयी थी जंगलों तक पैदल
आरोह-अवरोह की सीढ़ियाँ लाँघकर
प्रेम में पागल अपने हिस्से का दुःख बटोरने

राग गुर्जरी तोड़ी से बात करो
तब जाकर पता लगता है
प्रेम के वैभव का बखान करने वाले
इस राग के घराने में
बहादुरी विलासखानी सहेली और मियाँ की तोड़ी
पहले से ही मौजूद हैं और अपने-अपने ढंग से
धुलने में लगी हैं हमारे दुखों की मैली चादर को
वे जानती हैं हमारे असफल प्रेम कथाओं के ब्यौरे
और हमसे अनजाने ही छूट गये आत्मीय जनों के पते

दिन के सहज स्थापत्य में
इस राग का होना हमें बताता है
दिन का आरम्भ ही जीवन का आरम्भ है
नये सिरे से शुरू की जा सकती है यह दुनिया
एक बार फिर हमारे गाढ़े सुनहरे दुःख की तरह
दिनारम्भ प्रेम के साथ हो सकता है।

19

दमयन्ती और हंस

उसने अभी उतारे गहने सपनों के
वो जायेगी प्रेम के अनगढ़ कमरे में
भूल आयी जहाँ नैहर से लायी
नेवर बचपन की

हंस से करती बात
तो अवाक् कुछ सोचती चली जाती
उसे मोती का दाना चुगना सिखाती

इस बतकही में बिना नेवर की बजती धुन
उसकी प्रश्नाकुल आँखों में कुछ है अवश्य
अलावा सपने और गहने के
अलावा नैहर और बचपन...

कुछ हुआ है उसके भीतर
आशा की बाती-सी दिप-दिप करती आँखें
सुर में समोयी सम पर ठहरीं
जैसे कब से इन नयनों में
अटका हो प्रेम का आमन्त्रण
सीधे पल्लू की लाल
सुनहरी किनारी वाली साड़ी में
दिप रहा हो यौवन

दमयन्ती और हंस की संवाद मैत्री
उतरी है कैनवास पर तैल रंगों के संग

इस कौतुक को रचती है
त्रावणकोर के राजा की ढेरों कूचियाँ
उन्हीं ने सँवारी दमयन्ती की नेवर बचपन की

हममें से कोई होता देवता
तो बताता
कब से ठहरा है सूर्य ठिठका हुआ
जैसे अभी-अभी डूबेगा तान के उठान पर

और
कुमुदनी पंखुड़ियों को झुठलाती
हंसों की एक पाँत
बादलों के नीचे उड़ती चली जाती...

सन्दर्भ : राजा रवि वर्मा की कलाकृति 'दमयन्ती और हंस' पर एकाग्र।

20

भामती

उस धीरज का रहस्य
आज भी अबूझ है
दिन में उगने वाले शुक्रतारे की तरह
जहाँ वर्षों तक वो जलाती रही
हर साँझ को प्रकाशित करने के लिए दीया

हर दिन बटलोई से परोस देती पारस
और अपनी साधना में लीन पति
पूरण के उपरान्त सरका देते जूठी थाली

बुहारती रहीं कुटिया का ओसारा
उपवन तक फूल चुनने जाने का मार्ग
दिन ढलते ही चौके का कमरा

अनुपस्थिति में रहते हुए इतनी उपस्थित
उपस्थिति में बारह वर्षों तक अनुपस्थिति का लोप

एक दिन भास हुआ वाचस्पति को
ये देवी मेरी कुटिया में क्या कर रहीं?
स्त्री ने अपने होने का तनिक भी
नहीं जताया भान निर्विकार दे दिया उत्तर—
आपकी साधना में बाधा बनना
उचित न था, वैसे मैं आपकी पत्नी ठहरी!

कुछ मौन थोड़े विस्मय गहरी कृतज्ञता के बीच
जन्मा प्रतीक्षा का ब्रह्मकमल
दिवस रजनी सन्ध्या प्रभात
सभी का गणित उलझा गया ऋषि को
मेरे काम में बाधा न पड़े
ये स्त्री ख़ुद को बिसराकर
बन गयी मेरी साधना का ऊर्जस्वित प्रकाश

इस तरह धीरज और प्रतीक्षा की हमजोली
ले आयी इतिहास के पहले पृष्ठ पर उसे
जिसे ख़ुद को कभी प्रकाशित करने की
लेश मात्र आकांक्षा न थी...

वाचस्पति धीरे-धीरे समय की पाटी से हुए ओझल
ब्रह्मसूत्र से नाता न होकर भी
एक करुणा नदी ने पाया अस्तित्व
एक टीका सम्पूर्ण हुई
एक भामती का दीया अपलक जल उठा...

21

केवट की नदी पार उतराई

(गुरु केलुचरण महापात्र की नृत्य-मुद्राएँ)

कृशकाय सी काया के भीतर
नृत्य में निमग्न परकाया प्रवेश
एक मनुष्य के भीतर गन्धर्व का वास
एक देह में समायी लय और छन्द की दुनिया

सागौन के फिसलते मंच पर
नदी और नाव का प्रवेश
कभी देह केवट और दूसरे ही पल
वनवासी राम में बदल जाती है

रोता हुआ केवट राम से
नदी पार उतराई नहीं लेता
नृत्य में डूबी काया भूल जाती है
अपना आत्यन्तिक सत्य

गुरु केलुचरण महापात्र बरबस रोते हैं
केवट के श्रद्धा से भरे हुए आँसू
स्वयं को सँभालते एक अबूझ विस्मय में
उनकी साँवली देह साँवरे राम को कर लेती
धीरज से आत्मसात

इसी तरह कभी वे सत्यभामा बनते हैं
कभी रुक्मिणी तो कभी राधा
जो मानिनी रहीं सदैव महारास में भी

ओडिसी का लास्य
पुराण की पावन कथा कहता है
केलुचरण महापात्र अपनी साधारण उपस्थिति में
कथाओं का असाधारण आशय धारते हैं

कभी चन्द्रमा कुमुदिनी को ताकता है
अकसर सूरज खोलता है नवकुसुमित कलियों के पत्र
हंसों के जोड़े निर्लिप्त भाव से
जल विहार करते रहते हैं
मोर थोड़ा इठलाता हुआ पसार देता है
मंच पर कला का उन्मुक्त पंख...

नृत्यरत देह बनती जाती है
श्रृंगार, विरह और वत्सल होने का माध्यम
शरीर में उतरती हैं समभंग और तिरभंग की गतियाँ

मंच पर शिशिरागम होता है
बहार के सुमन उसी वीथिका पर झरते
ग्रीष्म के बौर वहीं हरियाते हैं
रातरानी महकती है मंच से उतरकर चारों तरफ़

सामने बैठा रसिक समझ ही नहीं पाता
ये केलु बाबू हैं
या रामकथा से निकलकर आ गये केवट
जो राम से नदी की उतराई नहीं वसूलता...

22

अयोध्या के मेले और सीता रसोई

अपनी श्रद्धा के भार से थके हुए वीतरागी
अकसर ख़ुद से चूल्हा जलाकर जगह-जगह
अयोध्या में बनाते अपनी छोटी-छोटी रसोइयाँ
थोड़े से उपलों या लकड़ियों से
गर्म होती उन सब की बटुलियाँ
खदबदाता उनमें पारम्परिक विश्वास का अदहन
पेड़ की छाँह तले सुस्ताती भीड़
मेले के ऐसे मौक़ों को भी बना डालती उत्सव जैसा

चारों ओर भूख और आस्था बिखरी रहती इन दिनों
सब तरफ़ रामकथा की ध्वजा फहराती है
अयोध्या की गलियों से निकलने वाले लोग
पता नहीं कितनी तृप्ति बटोरकर
आते हैं बाहर इन मौक़ों पर

ऐसे में ख़याल आता है
अशोक वाटिका में सीता के लिए
क्या कोई जगह नियत होगी
जहाँ उनकी बटुली को आँच मिलती हो?
महाभारत के अलावा भी कहीं
मिलता होगा पूरे कुटुम्ब को जिमाने के लिए अक्षय-पात्र?

अकसर मेरे मन में यह विचार आता है
जानकी से पूछ सकता तो पूछता
वनवास से लौटते समय वह

किसे दे आयीं अपने संघर्ष की बटुली?
एक व्यवस्थित गृहस्थी का सुख तो उन्हें मिला नहीं कभी
फिर भी सीता रसोई तो बनी रही हमेशा
तृप्ति और आस्था की धुरी

अयोध्या के मेलों की परिक्रमा से निकलकर
अपना साँझा चूल्हा सँभाले हुए यात्री लौट जाते हैं
अगले बरस की उत्सुक प्रतीक्षा में...
जहाँ फिर से वापस आना
अपनी-अपनी सीता रसोई बनाना होता है...

23

कंचन-सीता

भले ही बाँध लें उनके होनहार
अश्वमेध का घोड़ा
चाहे अयोध्या के राजप्रासाद में
बजती रहें मंगलध्वनियाँ
राम निभाते रहें मर्यादित हो
अपना राजधर्म

फिर भी अशोक वाटिका से लौटी
सीता को बनना पड़ता है
कंचन-सीता
रहना पड़ता है अरण्य जाकर
वाल्मीकि के आश्रम में

एक गर्भवती हरिणी का
कुशलक्षेम रचते हुए
निभाना पड़ता एक स्त्री का दायित्व
सजलता से उसे दुलारते हुए
सँजोना होता है ममता का मान

राम भले ही अयोध्या में जीते हों
आत्मनिर्वासन का जीवन
अर्द्धांगिनी की अनुपस्थिति में
बिछाते हों अपने शयन के लिए
कुश-तृणों का बिछौना

फिर भी, ये सीता ही हैं
राम के आत्मनिर्वासन को पूर्णता
उनकी कंचनता ही देती है...

24

किवाड़ खटखटाना

कबीर के घर का किवाड़ खटखटाओ
तो बरबस हिलता है
रहीम के दरवाज़े का ताला

ख़ुसरो की कुण्डी-साँकल भी
जतन से वैसे ही हिलाओ
जैसे धूप से भरे आँगन-चौगान
हौले से छूकर खोले जाते हैं

कभी रैदास, पलटू और दरिया के यहाँ
जाकर भी देख आना चाहिए
उनके किवाड़ों का तिलिस्म
जिनमें घर के बाहर बिखरे संसार को
अपना दुआर बना लेने का नुस्ख़ा टँका है

नानक पीपा रज्जब और बुल्लेशाह के
घरों की खिड़कियों से आने वाली बयार को
जो ताला बाँधता हो
उसकी चाबी फेंक आनी चाहिए
उस असूर्यम्पश्य प्रदेश में
जहाँ से लौटना असम्भव न सही
मुश्किल ज़रूर हो...

ऐसे बहुत सारे ताले, कुण्डी-साँकल
और चिटकनी को छूने से

ग़र खुलता हो रोशनी का दरवाज़ा
तो किवाड़ खटखटाना
सभ्यता के झरोखों को हिलाने जैसा है...

25

बैजू बावरा

तुम्हारे पास नहीं थी दरबार में घुसने की कला
और बादशाह को असीसने वाली बन्दिशें
तुम्हारा गला फँसता था
चापलूसी से गूँजने वाली तहरीरें सुनकर
और बेवजह ही ज़रदोज़ी वाली कालीनों पर
राग की बढ़त देखकर
तुम नहीं गाते थे
किसी अभियान का मंगलगान
और राजकुमारों के लिए सलोनी मुबारकबादियाँ

फिर भी तुम थे और इतिहास को
इस बात की ख़बर थी
कोई है जिसके शब्द और स्वर
उसकी बेपरवाह तंग गलियों से गुज़रकर भी
बादशाह के महलों तक पहुँच जाया करते थे
और जिसकी करुणा भरी आवाज़ में
रागिनियाँ पूरे भरोसे के साथ वज़ू करती थीं

इतिहास को यह भी मालूम था
तुम्हारी सुर ख़ानकाह में
यह संगीत ही था
जिसकी ताजपोशी होती थी बार-बार
और तुम्हारे अपने ही स्वर
सजाते थे सुर का तोरण
बजाते थे लय की दुन्दुभी

यह तुम थे बैजू
जिससे इतिहास को कई दफ़ा
और कई बार संगीत को भी
ख़ुद को सुधारने का बहाना मिलता था
और दमकते हुए सूर्य को इस बात की आश्वस्ति कि
वह सुर के चेहरों पर भी
उजाले का प्रशस्त राग गा सकता था।

26

सरस्वती मेला

वात्स्यायन के समय में लगता था ये मेला
महल के परकोटे से दूर सीमान्त चौक पर बैठी सभा से
कोई भी उछाल सकता था प्रश्न
नैतिकता की गह्वर परिधि से
दूर फेंकी हुई गेंद की तरह

गणिका हो सकती थी वो
चन्द्रमा की डाल से सौन्दर्य चुनने का अभिनय करने वाली
कोई दास हो सकता था सामन्त के रथ-मार्ग का पथ बुहारने वाला
चौंसठ कलाओं के स्थूल अर्थ समझाने वाला सयाना पण्डित
या अपनी कुटिलता के भार से दबा
राजसभा में दरबार का कुशल रचने वाला श्रीमन्त

प्रश्न अनसुलझे फिर भी रहते थे
मंगल ध्वनि की टेर तब भी
निहारती रहती थी प्रभाती का सूरज
पारिजात के धरती पर गिरने से बनी पगवट
तुहिन कणों से नहाकर चमकती थी अपलक
सारिकाएँ रागिनियों को सदा की तरह
करती रहती थीं लिपिबद्ध
ज्ञान को बाँटने का उत्सव फिर भी चलता रहता था

समाधान तब भी प्रायः कम ही होता था
अनुत्तरित प्रश्न गोधूलि में तिरोहित हो जाते थे
सिर्फ़ काल की पाटी पर मेला लगता था...

27

फाग बँधाओ

जैसे कुछ सोचते हुए
और अमामे को सिर पर सँभालते हुए
परेशान हैं ख़ुसरो
कुछ हो गया है अज़ब
जिसको बयाँ नहीं कर सकती
अल्फ़ाज़ की कोई भी ताक़त

अपने औलिया के आस-पास
ख़ुसरो रहम का गोशा ढूँढ़ते हैं

निज़ामुद्दीन औलिया की लम्बी सफ़ेद दाढ़ी भी
छुपा न पायी है चेहरे की पाक़ीज़गी में
रहने वाले आँसुओं को
जो आँखों से ढुलककर कब के सूख चुके

जब से देखा है इस हाल में ख़ुसरो ने
अपने महबूब-ए-इलाही को
निहंग हैं उसके शब्द
कबूतरों की आवाजाही भी
चीर नहीं पाती ख़ामोशी का सर्द सीना

जलावतन हैं मुबारक़ के सारे मौक़े
कोई भूल से भी अपने लिए फ़रियाद तक नहीं करता
ऐसे में कुछ लड़कियाँ खेल रही हैं
बसन्त के पीले रंग

और कुछ गाते हुए
गुज़र जाती हैं औलिया के क़रीब से

इस तरह बहुत दिनों बाद
अचानक ही फूटती है क़ायनात में उमंग

ख़ुसरो की निग़ाह में दमकता है
पीर-ओ-मुर्शिद का मुस्कुराता हुआ चेहरा

कनेरी रंग की ओढ़नी पहने
लड़कियाँ अब भी गा रही हैं...

'रितु बसन्त तुम अपने उमंग सों
पी ढूँढ़न मैं निकली घर सों'

निज़ामुद्दीन औलिया और ख़ुसरो के यहाँ
फाग बँध रहा है

बसन्त के रंग से निकलकर
होली का फाग
वह भी बिना एक शब्द
या सरगम उठाये।

सन्दर्भ : *हज़रत निज़ामुद्दीन औलिया से सम्बन्धित एक प्रसिद्ध कथा पर आधारित, जिसके अनुसार एक बच्चे की मृत्यु हो जाने से दुखी औलिया ने सारे ख़ुशी के मौक़े मनाने बन्द कर दिये थे। अचानक एक दिन कुछ लड़कियों के फाग गायन को सुनकर आनन्दित हज़रत ने बसन्त मनाने की अनुमति दी, जिसके उपरान्त उनके यहाँ फिर से सारे पर्व आरम्भ हुए। कहा जाता है कि इसी दिन से औलिया-ख़ुसरो की परम्परा में कनेरी फूलों वाले पीले रंग का प्रवेश और होली के उल्लास का पद गायन आरम्भ हुआ।*

28

फूल वालों की सैर

दिल्ली में दिल मिलते थे मज़हबों के
हिन्दू और मुसलमान होने की शिनाख़्त से अलग
ये रोशनी बाँटने का मामला था
अलग-अलग जाती हुई दो गलियों के मध्य

फूल वालों की सैर हुई थी शुरू
मुमताज़ बेगम ने अपनी औलाद मिर्ज़ा जहाँगीर की
रिहाई के लिए माँगी थी मुराद
ख़्वाजा कुतुबुद्दीन बख़्तियार काकी की दरगाह पर
मेहरौली तक जाने वाला गर्मी में तपता रास्ता
फूल बेचने वालों ने सजा दिया था फूल बिछाकर
उसी रास्ते नंगे पाँव जाने वाली थीं बेगम

एक ज़ुलूस था, जिसमें शामिल हुआ
फूलों का पंखा और फूलों की ही चादर
मुसलमान चढ़ाते रहे ख़्वाजा की दरगाह पर फूलों का पंखा
उधर हिन्दू योगमाया मन्दिर में चढ़ाते थे यही पंखा
जो कुतुबमीनार से थोड़ी दूरी पर था

फूलों की सैर ने बनायी एक राह
दिलों के अरमान होते रहें पूरे
मिलती रहे शीतलता दुआओं से भरी हुई छातियों को

सजे-धजे काफ़िले के साथ
जो दिल्ली से मेहरौली तक जाता था

कलाबत्तू की डोरियों और फुँदनें लगी झण्डियों से
रूपहला, सुनहरा, सतरंगा हुआ जाता था
मेल मिलाप का रास्ता

एक रवायत चलती रही थी इतिहास में
प्रार्थना के अध्याय में फूलों का पंखा
उस्ताद की मज़ार
और कृष्ण की बहन योगमाया के मन्दिर तक
पहुँचता था खुशहाली से भरा हुआ

फूल बेचने वालों को कहाँ पता था?
जिस बेगम के सम्मान में वे
रास्ते की तपिश को कम करने के वास्ते
बिछा रहे थे फूलों की ढंडी चादर
वो एक ऐसी बिना माँगी मुराद थी
जिसने मिटा दी थी दो गलियों की लकीरें
दो मज़हबों के बीच मद्धम पड़ती रोशनी...

सन्दर्भ : *दिल्ली में फूल बेचने वाले सौदागरों द्वारा आरम्भ किया गया साम्प्रदायिक सद्भाव का एक प्राचीन महोत्सव 'फूल वालों की सैर', जो सप्ताह भर चलता है। इसकी परम्परा 1857 तक लगातार निभती रही। 1942 में भारत छोड़ो आन्दोलन के दौरान इसे बन्द किया गया, जिसे बाद में 1961-62 के आसपास दोबारा से शुरू किया गया। आज भी यह सूफ़ी परम्परा क़ायम है।*

29

समय ओपेरा

इतिहास की एक धूल भरी तारीख़ से
उठाता हूँ मैं अनगिनत बार बजायी जा चुकी
एक मार्मिक धुन
छूते ही जिसको हवा में
छिटक जाते हैं चारों ओर
शोकगीतों के ढेरों मिसरे

यह धुन जिसमें कुछ और धुनें भी शामिल हैं
दरअसल सिर्फ़ संगीत नहीं हैं
वे अमानवीयता के प्रतिकार की ऐसी सिसकियाँ हैं
घुटी और टूटी हुई
पिछली कई शताब्दियों के पन्ने पलटने पर जिनमें से
एक धीमी लय सुनाई देती है

इन बनती बिगड़ती हुई धुनों से हमें आज भी
किसी पीड़ित की आँखें दिखायी पड़ती हैं
आश्वित्ज कैम्प में संत्रास पाये हुए अनेक लोगों के
हिलते हुए काँपते हाथ नज़र आते हैं
और गुज़रती है नाज़ियों की एक सैन्य टुकड़ी
इतिहास की नींद में
अपने जूतों की तेज ठक-ठक से कोलाहल भरती हुई

ऐसे में बीथोवन, मोत्जार्ट या शोपेन की
लय में कही कोई बात

सिर्फ़ संगीत नहीं लगती
बल्कि वह हमारे कष्टों का गीत बन जाती है
और एक धुन की ख़ातिर इस तरह
इतिहास के पास जाना मुझे रोमांचित करता है

यह इतिहास और लय की यात्रा मुझमें
एक तड़प एक सोच एक बेगानापन भरती है
जो हर बार पहले से ज़्यादा दुखी करती है
पहले से ज़्यादा निराश भी कि ये सारी चीज़ें
जो आत्मीय व मार्मिक बखान हैं सभ्यता के
हमें कितना सहज बना पाते हैं
कितना आत्मीय कितना करुणा से भरा हुआ

हम धीरे-धीरे यह जान चुके होते हैं
किसी धुन की आग को कुरेदने पर
कोलोसियम में बजने वाले संगीत
या कभी रोम और पोलैंड के गिरिजाघरों की घण्टियों में
गूँजने वाली शान्ति प्रार्थनाओं की जगह
युद्धबन्दियों, शरणार्थियों और मृतकों की गम्भीर चुप्पी ने ले ली है
और आधी दुनिया के इतिहास की रोशनी में
खेले जाने वाले तमाम ओपेरा में
कहीं एक आत्मीय धुन खो गयी है

फिर भी कोई कोशिश करे तो
समय की उस टूटी हुई सिम्फनी पर

आज भी बजायी जा सकती है
किसी सिरफिरे की कोई बिसरी हुई धुन
जो बीथोवन की तरह
अँधेरे जीवन में शान्ति और प्यार के भरोसे
टिकी रह सकती है देर तक
जो इतिहास की कचहरी में
हलफ़नामा दायर कर सकती है।

30

टप्पा और पाकिस्तान

उस तरह तो नहीं थिरकता अब रेगिस्तान का आँगन
उस तरह क़बीलों में घूमते नहीं ऊँटहार अपने ऊँटों के साथ
और वह अब तक की जानी-पहचानी लोकधुन
नहीं पिरोती पंजाब और सिन्ध का चमन

ये टप्पा गाने वाले
ये ऊँट चराने वाले
ये रेगिस्तान से गुज़रकर उधर
पाकिस्तान तक जाने वाले
ढूँढ़ने पर मुश्किल से मिलते हैं अब
और यही हाल उधर का भी हो गया है
रावलपिण्डी से लेकर पेशावर लाहौर तक फैली
पंजाबी बोली और सुनहरी रेत को एक रंग करती
टप्पा गायकी खोने के कगार पर है

वैसे खोने के मामले में पूरा इतिहास ही बना डाला है हमने
जैसे पंजाब सिन्ध का यह सलोना संगीत
कहीं गहरे से याद दिलाता है कि खोने को तो
हम सरहदों में बँटी रिश्तों की लोनाई
खो आये बरसों पहले
छोड़ आये दूर महाराष्ट्र के सांगली मिरज़ में
देश भर के लिये तानपूरा बनाने की कारीगरी
और यह पुश्तैनी धन्धा बिसराकर
मिरज़ कुछ नया ही गढ़ता है इन दिनों

ऐसे में टप्पा एक सभ्यता को गाता
एक सभ्यता के लोप का प्रतीक बन गया है
ऐसे में शोरी मियाँ का शुरू किया यह गंगा जमुनी जहूरा
रेत में कहीं दम तोड़ने लगा है

शोरी मियाँ भी कहाँ जानते थे
जिस सहरा की भयावह रातों को
ख़ुशनुमा ढंग से काटने के लिये वे
चाँद-सितारों से सजा टप्पा बनाकर लाये थे
वह रातें तवारीख़ में बिखरी सियासतों ने
खींच कर लम्बी कर दी हैं

ये टप्पा गाने वाले
ये ऊँट चराने वाले
सतरंगी पगड़ियाँ पहने वे
नेहरा लगाने वाली गोरियों को बुलाने वाले
पता नहीं कहाँ चले गये

पंजाब के घर-घर में मिलने वाले
छाछ और सरसों के साग की तरह
इन बोल बन्दिशों पर वहाँ की सोहनियाँ
कैसे भूल गयीं फुलकारी करना
भैरवी मुल्तानी बरवा और काफी की पुकार
कहाँ जाकर डूबी पता नहीं लगता

सहरा में कि चिनाब में
अमृतसर में कि लाहौर के अनारकली बाज़ार में
अपने दम को साधे साँई के वे सच्चे बन्दे
आजकल कहाँ गाते हैं मियाँ नज़रे नेईं आन्दा वे

छोटे-छोटे बादलों के समूह जैसे आपस में गुँथे हुए
हज़ारों छोटे बड़े झरने एक ही मेरुखण्ड की धरती पर गिरते हुए
अपने में व्यस्त तत्परता से आगे
निकलती हुईं जैसे ढेरों तितलियाँ
वैसे ढेरों फुदकते लफ़्ज़ों की चाल में ढला टप्पा
महाराष्ट्र के नाट्यसंगीत से मिलकर
बंगाल और आगरा तक आया
इसने हमारे विरह और प्रेम को भी
संयम से बरतना सिखाया

इधर जयपुर अतरौली की गलियों में इसे
साधते रहे जीवन भर मंझी ख़ाँ
दूर लाहौर में अन्तिम दिनों तक
गाती रहीं रोशनआरा बेगम यही टप्पा
इधर भी संगीत और पंजाब की बोली-बानी
उधर भी यही हाल हर गायक फ़नकार का
इधर भी पाकिस्तान की सरगम भरी दुनिया
उधर भी गाने वाले अपनी मिट्टी की सोंधी गमक में महफ़ूज़

यह एक ऐसा समय था
जब षडज से निषाद तक की आवाज़ाही में

दिन में कई बार आपस में खुलते थे
दो घरानों के किवाड़
कई तरह से भरी जाती थी सरगम
तानों की घूमर जैसी तेज गोलाई में
कई-कई दिनों तक अबूझ रह जाता था
गाये जा चुके बन्दिश का मिसरा

आज यह टप्पा गुम हो गया है
दौड़ भाग से भरी ज़िन्दगी
और उसी तरह भागते हुए बिना अर्थ के
शोर वाले संगीत में
फिर भी अनारकली बाज़ार से गुज़रते हुए
रोशनआरा बेगम की तान जब-तब कानों में पड़ती है
तब याद आते हैं बरबस उस वक़्त
जयपुर घराने के आकाश तले
मंझी ख़ाँ अपने हवेली संगीत से
टप्पा का अंग निकालते हुए
उस समय शोरी मियाँ यक़ीनन यही कहते मिलेंगे
ओ मियाँ वे जाने वाले तानूँ अल्ला दी कसम, फेर आ

ये टप्पा गाने वाले
ये सहरा के आर-पार घर बसाने वाले
ये उर्दू पंजाबी हिन्दवी को दोस्त बनाने वाले
अपने ऊँटों पर बैठकर
न जाने किधर निकल गये?

31

अवध की सुध

तमाम ठुमरियों को करो जलावतन
ढेरों बोल-परनों को लौटा दो गोमती को
वापस भेजो यहाँ से दूर
इत्रफ़रोश और गुलतराशों की नफ़ासत

टमटम, पालकियों और चन्दन चौकियों
से भरपूर इलाक़े को फिर से करो ख़ाली
एक बार जतन से धुल डालो
उस्तादों के दालान पुरानी हवेलियों के चौगान
और महफ़िलों तक जाने वाली आबनूस की सीढ़ियाँ

करो मटियाबुर्ज़ सब कुछ
धकेलकर किवाड़ के पार देखो
शायद कोई आये ज़रूर
हसरत से तकने और यह कहने
'ख़ुश रहो अहले वतन हम तो सफ़र करते हैं'

एक बार फिर से ही सही
नये काग़ज़ पर लिखो पुरानी रौशनाई से
शरर, सरशार, मज़ाज और बिन्दादीन महाराज के पते

बिसरा दिये गये किसी कलाम की तरह पढ़ो अवध
जैसे वो अवध न हो, वो हो आपका घर!

32

राग बसन्त के लिए

इस जोगिया रंग में कुछ और मिला है
ख़ुसरो की पीली सरसों वाला
वारिसशाह के चिनाब का नीला
बसन्ती में थोड़े हरे की आहट
बौर की डाली पर बिछलता भूरे का स्पर्श

एक तान में कई गमकों का वास
कई पलटों में एक बड़ी आरोह की पुकार
कोई ढूँढ़ता है अपने ही घर का पता
जैसे नदी चली आती हो उतारने
अपनी उदासी का गहना

कितने घराने मिलकर बुलाते हैं बसन्त की आहट
जैसे उस्ताद निसार हुसैन ख़ाँ की भारी सी आवाज़ से
टूटता हो हमारे दर्प का आईना
फगवा बृज देखन को चलो री गाते हुए
उस्ताद लगाते हों अपने ही मुहल्ले की परिक्रमा

घराने की चिक से उभरता है
नये रचे जाने का सार्थक आलाप
सरसों के खेत से होकर डामर की सड़क तक
चमकता पीला उल्लास...

33

हज़रतगंज में वाजिद अली शाह

कभी ऐसा हो सकता है
किसी लखनवी शाम दिख जायें
जाने आलम लखनऊ के हज़रतगंज में
ख़रीदते अपनी नाज़ो और बनी
यूनिवर्सल बुक सेंटर में

बेचैन ढूँढ़ रहे हों
पुराने ज़माने की कशीदाकारी वाली
किमख़ाब के कपड़े
जो उन्हें भसीन संस या मॉडर्न सिल्क हाउस में
जाकर देखने पड़ें

वे पता लगाते हों अब कहाँ मिलेंगे
उनकी सरपरस्ती में रहने वाले
शायर गवैये और हुक्क़ा, पानदान
सँभालने वाली परियाँ

मगर जाने आलम को मालूम नहीं
इस बीच पता नहीं कितना पानी बह चुका है
घाघरा और गोमती से होकर
और न जाने कितनी चीज़ें
हमारे दौर से बाहर जा चुकीं
जैसे वे कबाड़खाने में रखा ग़ैरज़रूरी असबाब हों

हज़रतगंज भी हैरानी से तकता है
अपने उस अन्तिम नवाब को
जिसके चेहरे पर एक बेनूरी और फीकापन है

बेपरवाही के इस ज़माने में उन्हें
कमबख़्त अवध भी शामिल लगता है अब
तिस पर बेचारगी का आलम यह
बड़े इमामबाड़े में खड़े पर्यटक
जाने आलम से ही
बेख़बर निगाहों से पूछते हैं
कितनी दूर है बेलीगारद?

34

अन्तःपुर

कविता चुनती
कृष्ण के प्रति आकण्ठ डूबी
मीरा की बानी से प्रेम के पराग

गाये जाते
रंगनाथ की सेवा में
पुष्पहार बुनती आंडाल के
हृदय में कुसुमित होते गीत

पोथी से निकालकर
बार-बार पढ़ी जाती
बहिनाबाई, जनाबाई की चेतावनी
उनके विट्ठल मोह में

संसार के स्मरण में
संचित रह गयीं कविताएँ
उस प्रेम को ही पुकारतीं
जो वर्जित होकर
स्त्रियों के अन्तःपुर में
सुरक्षित रही आयीं...

35

मांड और अल्लाह जिलाईबाई

पान में लगे जर्दे से भीगा हुआ गला
कुछ ख़राश और कुछ तीखेपन से
उतरता सुनने वाले के अन्दर

राजस्थान की चिलचिलाती धूप में
उड़ती हुई सूखी रेत चुभन और पानी
एक साथ आँखों में ले आती
कुछ वैसा ही कानों से उतरता दिल के भीतर
अल्लाह जिलाईबाई जब भी गातीं

आवाज़ का वज़न भी होता है
खारेपन के साथ कुछ तरल सा
तीखे और मीठे की चाशनी से बनी जुगलबंदी
मरु के रहस्य को खोलने का बहाना ढूँढ़ती

उन्हें सुनते हुए मन में यह बात उठती अकसर
क्या उनके गाये मांड के स्वर
पहुँचते होंगे कभी कुलधरा के वीरान घरों तक?

क्या मूमल और गणगौर वैसे ही उतरता होगा
जैसलमेर में पटवों की हवेली, झरोखेदार खिड़कियों,
मेहराब की छतरियों वाले मकानों के भीतर?

क्या सुर की कोई स्थायी वेदना होती है?
जिसे सुनकर रेत में चलने वाले क़दम

भारी हो जाते हैं उस क्षण?
कुरजाँ पक्षी की पीड़ा और उसका गायन
किस गली में जाकर थमता है?

कभी-कभी यह भी लगता
मरु में जहाँ भी थोड़ा सा जल है
वहाँ उगा हुआ है बिना खाद मिट्टी के सलोना कचनार
धूसर रेत पर बिछलता
सतरंगी पाग सा भावना का रंग

मिरासिनों और कंजरियों के क़बीलों से
आने वाली ढेरों बाईयाँ
राग-रागिनियों की देशज उपस्थिति से
बना देतीं एक पंचरंगा संसार

जैसे अल्लाह जिलाईबाई जब उठातीं
पुरज़ोर आवाज़ के सहारे
मांड की विरह जगाती पुकार...

36

नैनसुख

हिम के आँचल में एक छोटी सी जगह गुलेर
लघुचित्रों की रवायत का बड़ा परिसर
आज भी रोशनी बिखेरता
अपने हुनरमन्द चित्रकारों के ताप से

हुए वहाँ नैनसुख
ये अलग बात है अभिव्यक्ति के लिए उन्हें
छोटा लगता था गुलेर और वहाँ की पारम्परिक क़लम
छोड़कर चले गये अपना देस
राजा बलवन्त सिंह के जसरोटा दरबार में
खोजने धरती पर पसरे रंगों के विशाल रहस्य को

वे पकड़ रहे थे ऐसे अनेक इशारे
जो मुग़ल क़लम में बेहतर तरीक़े से गये थे बरते
कहते हैं उसी ने की शुरुआत
पहाड़ी क़लम के जादू की
गुलेर, बसोहली और पहाड़ी के रंग
उसके विचार की नदियाँ हैं

कूची से निकली महीन बुनावट
जैसे ज़मीन के दस्तावेज़ी काग़ज़ों में
होती रही रंगामेजी
वनस्पतियों, पुष्पों, अगरु, चन्दन, केसर
रंग-बिरंगे क़ीमती पत्थरों को घिसकर
तैयार किये जाते रहे रंग

वो रचता रहा
जसरोटा में अपने आश्रयदाता के
मनोविनोद के क्रियाकलाप
शिकार, नगर भ्रमण और दरबार के लघुचित्र

हाथी, घोड़े, घुड़सवार,
तीर कमान सँभाले सैनिक
साज़ों के साथ गवैये
कचनार, चमेली, चम्पा, पारिजात
और जवाकुसुम के संग
हिमाचल की वादियाँ उतरती रहीं
उसकी रंगपट्टिका पर

धीरे-धीरे उसकी क़लम में उतरीं
देव कल्पनाएँ
अध्यात्म की ओर झुकी हुई
असाधारण कथाएँ

एक पहाड़ी लघुचित्र क़लम
जिसने एक बावरे कलाकार को गढ़ा
उसके सपनों में प्रणय, बिछोह, आखेट और समर्पण
भेस बदल-बदल कर आते रहे

नैनसुख संज्ञा भर नहीं एक दृष्टि है
पहाड़ की लोकलय को
क्षितिज के पार पसारने वाली...

नैनसुख : (1710-1778) गुलेर और पहाड़ी क़लम का महान भारतीय लघु चित्रकार।

37

अरण्य से बहकर आती नदी

जहाँ तक मुझे याद पड़ता है
सबसे पहले मैंने एक नदी को
जातक की किसी कथा में बहते हुए देखा था
अथाह खनक से उस कथा को तरल बनाती सदानीरा

इसी तरह एक नदी को उसके रंग से पहचाना था
एक को उसके स्पर्श से और एक नदी तो
अपनी स्वर्णाभा में दीप्त थी इतनी लगता था उसके आगे
सूर्य अपने सातों घोड़ों के साथ फीका पड़ गया हो

इसके अलावा कुछ नदियाँ
बचपन से लेकर आज तक
बहती रही हैं स्मृति के वन में उसी तरह
जैसे कोई शुतुद्री बहती है लगातार
धूल से लथपथ उपनिषद के जीर्ण पन्नों पर

समय के अमरकोष में दर्ज़ सैकड़ों नदियों को
छूकर उनका हाल जानना चाहता हूँ
सुनना चाहता हूँ विलुप्त हो गयीं उन वेगवती नदियों को
इतिहास की किताबों में जो सदैव मिलती थीं

हो सके तो पता लगाना चाहिए
उनमें से ढेरों अब कहाँ बहती हैं?

किन प्रदेशों में मिलता है उनका भूगोल
कितनी हैं जो आज भी करती हैं प्रतीक्षा
किसी ब्रह्मा के कमण्डल का

गंगा-यमुना और सतलज से पूछना चाहिए
क्या आज भी उन्हें सरस्वती की याद आती है?
उकसाना चाहिए मोहनजोदड़ो हड़प्पा और सिन्ध पाकिस्तान को
सिन्धु नदी जिस कारण अपना संस्मरण सुनाये हमें
इसी तरह अपनी जलवायु और प्रकृति से दूर
दज़ला-फ़रात की ख़बर भी ली जा सके तो बेहतर है

अमरता की परख के लिए शुभस्रवा से मिलने
ऋग्वेद के पास जाना चाहिए
ढूँढ़ना चाहिए गोदावरी तमसा और नर्मदा के किनारे
हमेशा आगे बढ़ते गये संघर्ष के सनातन पदचिह्न
शायद लौटते हुए उन रास्तों पर हमें
कोई शबर कोई जारा मिल जाये
अपनी वीरता के भार से द्रवित होता हुआ

कभी-कभी मुझे लगता है पृथ्वी सभ्यता और जल पर
जिस तरह संकट गहरा होता जा रहा इन दिनों
और जीवन में जिस तेजी से घट रहा हमारे अन्दर का पानी
ऐसे में हमें सिर्फ़ नदियाँ ही बचा सकती हैं

मेरा अनुमान है सिर्फ़ उनके पास ही सुरक्षित होगा
मनुष्यता को भिगोने का ढंग
वे ही किसी अरण्य से निकलकर
सीधे चली आयेंगी घरों के भीतर छपछप करतीं

वे जब तक रहेंगी
सारी कलुषता के बाद भी
शापमुक्त होने का वरदान बचा रहेगा।

38

कोमल गान्धार की सीढ़ियों पर मालगूँजी

रात के अन्तिम प्रहर एक राग
अपने साम्राज्य के विस्तार में डूबा
देता आमन्त्रण
जैसे कह रहा है आओ पधारो
हम अपना जाजिम समेटें
भटियार, रामकली और अहीर भैरव के
आने का मुहूर्त चढ़ आया है

हम आरोह में शुद्ध गान्धार की सीढ़ियाँ चढ़ें
उतरते कोमल गान्धार का सहारा लेकर
धरती के बिछावन पर पसर जायें

हम नींद को भगाने की
कुछ चकित कुछ मुग्ध
कोशिश तो कर ही सकते हैं
नहीं तो नीलाम्बरी है ही मुस्तैद
दुनिया को गहरी नींद सुलाने के लिए

हम फैला दें प्रेम का स्नेहिल आँचल
जो हौले से दिखाई न दे
पर उतने ही हौले से छूकर
देह को सिहराते हुए निकल जाये

हमारी दुनिया में रातरानी महके
अधनींद में डूबी हुई हरी घास पर बिखर जाये बूँद-बूँद ओस
तारे वैसे ही ब्रह्माण्ड के छाते को सजाते रहें
जैसे महारास के समय
श्रीराधा छीनकर माधव से उनका पीताम्बर

ऊपर निरभ्र आकाश में
तान देती हैं चन्दोवा

सावन के बादल धीमी फुहार में
अमराई में सारी रात बरसते रहें
पानी से भरे हुए खेतों में जब धान हरियाये
तब मेघ श्याम कुछ ऐसा उमड़ें
उठाना पड़े गिरिधर को गोवर्धन

प्रेम के सारे धागे खुल जायें
मन पर पड़ी गाँठें भी...

रेशमी पतंग सा मचलता रहे
सारी रात चन्द्रमा
सुबह की उजास भरी उम्मीद में
तीनों सप्तकों पर फिसलते रहें
साधक के सुर
जैसे कह रहे हों अभी जीवन इतना नीरस, नाउम्मीद भी नहीं है कि
बाँधा न जा सके एक बार फिर से विश्वास का धागा

दूर कहीं से आती रहे सृजन की आहट
मालगूँजी इसी तरह चुनती रहे
बागेश्री और रागेश्री की हमजोली से
रात के आख़िरी किवाड़ खोलकर
धीरे-धीरे वसुधा पर झरते हुए
हरसिंगार के फूल...

हज़ार तरीक़ों से होकर
गुज़रता रौशनाई का रास्ता...

चलन अकेला कोई संग न हेला...

—रैदास

39

स्याही बनाने का नुस्ख़ा

कैसे उस कारी अँधियारी रात को
उतारा जाये दवात में

किस नदी में बहकर आये
जोगन के आँसुओं का काजल

ताँबे के बर्तन में नीम की लकड़ी का जल
कितनी आँच पर तपाये
सोना, लाजवर्त, गोंद, कीकर
और दीये की कालिख
पुरखे संस्कृत में जिसे कहते थे मसिवर्धन

गुरु ग्रन्थ साहिब के अन्त में ढूँढ़े जायें
श्याम नीर को अक्षर देने वाली नसीहतें

कोयल चाहे तो फूँक दे
अपने कण्ठ की वेदना
गाढ़े दुःख के बरसते पानी में

जीवन के जितने अनजाने मोड़ हैं
अकस्मात घटने की शंका
कुछ छूट जाने का निरन्तर रिसता भय
घर से बेघरी का बावरापन

जैसे शम्स तबरेज़ी का भटकना दीवानों जैसा
लैला मजनूँ, सस्सी पुन्नु और सारंगा सदावृक्ष का
उदासी में डूबकर अपने लहू को
नीला बना लेने की कैफ़ियत

हज़ार तरीक़ों से होकर गुज़रता है
रौशनाई का रास्ता
स्याही बनाने का नुस्ख़ा फिर भी
हाथ कहाँ आता?

40

हाथों में उजाले का फ़ानूस

सुना है ग़ालिब हाथों में
उजाले का फ़ानूस लेकर चलते थे
शब्दों के बीच फैली उदासी को रोशन करने

पता नहीं वह
शमादान का कोई प्याला था
जो उनके हाथों में रहता आया
या फिर अंगारों की शक्ल में धधकती
शेर-ओ-सुख़न की मशाल

दिल्ली में गली क़ासिमजान हो
या जामा मस्जिद की कोई सड़क
आज भी जब कभी
दिये जलते दिखते हैं उस तरफ़
लगता कोई निकला है
शब्दों के बीच का अँधेरा मिटाने
हाथों में उजाले का नूर लेकर...

41

फूलों के पदचाप से

नये मौसम में हर बार फूल आते हैं
अपनी अविरल गति से मिट्टी की कोख पर
एक नया अध्याय रचने के लिए

जाते हुए मौसम के साथ
ये फूल सूख जाते हैं
प्रकृति की सहज उपस्थिति में
जीवन का अभिप्राय बताते हुए

जो नहीं बदलता कभी
वो बहार सावन या पतझड़ नहीं
फूलों के पदचाप से छूटा हुआ
सुगन्ध का रास्ता होता है
जिजीविषा के फैलाव की
अमिट सम्भावना रचता...

42

साज़ों से बतकही

सारंगी के सारे दर्द ले लेने चाहिए
मालूम नहीं इतनी पीड़ा
उसके सीने से गज के लगने पर
क्यों निकलती है?

इकतारे के सुर में आवाज़ मिलानी चाहिए
कौन जानता है मरु में
किसकी यातना को बंजारा
कब तक लिये फिरता है?

तबलों से भी बात करनी चाहिए
न जाने कहाँ के
परन और पढ़न्त ने
उनको एक ही कैफ़ियत में बाँध रखा है?

साज़ों से बतकही करते रहना चाहिए
हममें से कौन कब विदा हो जाये
बसन्त खेलने, फाग रंगने के लिए
उनसे मिलना फिर सम्भव ही न हो?

43

जादू की कहानियाँ

जिन कहानियों से हमारा समय जन्म लेता है
लोरी की तरह गाया नहीं जा सकता उन्हें
किसी बच्चे को फुसलाने भर के लिए
जिन क़िस्सों की ज़रूरत होती है
उनमें मौजूद रहते हैं परियाँ और उड़ने वाले घोड़े

हमारी ज़िन्दगी की टूटी सीवनें भी
जिन धागों से सिली नहीं जा सकतीं
बच्चे उन्हीं रेशों से बाँधकर उड़ाते पतंगें
लटकाते फलों को पेड़ों से
इस आशा के साथ उनकी जादू भरी कहानियों का
कोई तोता आयेगा और चखेगा इसे

हमारी ज़िन्दगी और उससे मिलने वाले
भय पछतावे और पराजय
जिन कहानियों को जीवन भर रचते रहते हैं
उनके अन्त में जाकर बहुत देर से
पता लगता हमें वह क़िस्से भी दरअसल
किसी जादू का ही हिस्सा थे
जिसकी पटकथा के हम पात्र बने
बस उसमें परियाँ और उड़ने वाले घोड़े नहीं थे।

44

सपने और मछलियाँ

अधबने सपनों की मछलियाँ
आ जातीं पानी से बाहर
नींद जब टूटती है

मछलियों का सच पानी जानता है
सपनों का कछार ढहता
मछलियों की गीली आँखों में

सपनों के सच जैसा मछलियों का पंख
पानी के बहाव को लय देता है
इस बात से बेख़बर
मछलियों के जीवन की ढेरों अबूझ कहानियाँ
पानी की परतों में बसती हैं

ये सपने ही हैं
जो बचाते रहते हर सम्भव क़दम
नींद की नदी में तैरता, उछलता
मछलियों का जीवन...

45

हमारा पंचतन्त्र

हममें से अधिकांश पहचानते हैं
एक-दूसरे के पीछे छिपे हुए चेहरों को
ज़्यादातर इस बात से भी वाक़िफ़
त्वचा का रंग और शरीर की गन्ध
कमोबेश समान होते हुए भी
किस तरह अलग करती है दूसरे से

इस जानने-पहचानने के खेल में
एक अदृश्य स्पर्द्धा चलती है हमारे साथ
सर्कस जैसा अभ्यास और नटों के खेल जैसा नियम
बदल देता हर दिन का गणित
गोया हम आदमी नहीं जानवर हों
अलग-अलग देहों में पूरा जंगल समेटे हुए

कई बार एक सफल चेहरे के पीछे
लोमड़ी का चोला दिखाई पड़ता है
अकसर ललचाई आँखों से
झाँकती रहती सियार की धूर्तता
इन्हीं के बीच जीवन संघर्ष से हारा हुआ
अदना-सा एक आदमी उसी तरह काँपता है
शेर से डरकर साँस थामे सिहरता है जैसे
अपने झुण्ड से बिछुड़ा हुआ हिरण का बच्चा

हम अपने सयानेपन और मूर्खता से
करते रहे हैं साबित

जंगल का नियम मानने वाले हिंस्र नागरिकों से
बहुत अलग नहीं है हमारा जीवन
हमारी नागरिकता के पंचतन्त्र में
अकसर बेख़ौफ़ घूमती है अराजकता
जंगल के समाज को पूरी ताक़त से पछाड़ती हुई...

46

एक दिन चोर आयेगा

एक दिन चोर आयेगा
लूटने तुम्हारी होशियारी
उस समय सचेत नहीं रह पायेगा
शहर में कोई

वह ले जायेगा
होशियारी और मक्कारी की सन्दूकची में
सालों साल छुपाया
तुम्हारा सारा सामान

चोर पछतायेगा
अगर नहीं पायेगा
मक्कारी का कोई इन्तज़ाम

उस दिन बेबस उदास और ख़ाली हाथ
पकड़ा जायेगा
वह ढूँढ़ ही नहीं पायेगा
चालाकी से लकदक कहाँ रखा है
बिका हुआ ईमान

ईमानदारी की बरसों पुरानी गठरी
वो छोड़ जायेगा
इस उम्मीद के साथ
कभी तो हाथ आयेगी उसके होशियारी
जिसे साधकर तुम पहुँचे ऊँचे आसमान...

47

जंगली नदी–एक

एक जंगली नदी बहती है
मेरे सपनों में
बरसात छोड़ शेष दिनों में
सूख जाया करती है

एक उम्र के बाद
आत्मीय दिनों के स्मरण पलते हैं
सपनों में

धीरे-धीरे स्मरण ही बचते हैं
आत्मीय दिन छूट जाया करते हैं...

48

जंगली नदी–दो

मैं लिखता हूँ कविता
जंगली नदी पर
मगर बात पानी से नहीं
पत्थरों से होती शुरू

मैं चाहता कविता रुके बहाव पर
ख़त्म होती वह ठहराव पर

मैं लिखता हूँ कविता
जंगली नदी की नमी पर
पर जाने क्यों
बात वहाँ से होती हुई
जीवन की कमी पर होती शुरू...

49

जंगली नदी–तीन

जिस नदी का ज़िक्र है इस कविता में
जहाँ का जल बहता रहता
हमारे स्मृति-वन में
वहाँ रक्ताभ सांझ के उदय से पहले
जल का रंग अँधेरा गहराने के बाद
बदल जाया करता है

उस नदी के जल की तरह
कविता जिस राह जाती है
संवेदना भी चली जाती उसी राह

अपने हिस्से का प्रकाश बचाये
जो जल बहता है
उसी के साथ बहती चली आती है कविता
बस उनका अर्थ
बदल जाया करता है...

50

झुकना

झुककर ही हम छू सकते हैं इस पृथ्वी को
उठायी जा सकती पारिजात की डाल से
धरा पर आ गिरी एक सुवासित कली
बिसरा दी जातीं तमाम ग़लतफ़हमियाँ झुककर ही...

झुककर नदी से उसके पानी का हाल पूछा जा सकता है
दूब की नोक पर उग आयी पीड़ा भी
झुककर महसूस होती है...
पतझड़ से हारे हुए पत्ते
झुकने पर ही अपने दिल का पता देते हैं...

झुकना
दरअसल जीवन में
मानवता को शामिल करना है...

51

करुणा

करुणा का कोई वर्जित फल नहीं
जिसे चखा न जा सके
न ही उसका स्वाद जानने के बाद
विस्थापन निश्चित हो स्वर्ग से

करुणा कहीं भी अंकुरित हो जाती है
वन में भीषण वियोग सहती शकुन्तला
एक गर्भवती हिरणी को देखकर
अपना दुःख भुला सँभाल लेती है उसकी पीड़ा

बहेलिए के तीर से कण्टकाकीर्ण
वासुदेव के चरणों में संघर्ष के कितने
अनाम सन्देसे करुणा का बन जाते छन्द

जग की करुणा का वास तो
एक जुलाहा भी जाग कर
रोते हुए काट देता है

नदियों में विसर्जित अस्थियाँ
जीवन की करुणा का स्वीकार हैं

बचा रह जाता शेष जीवन
उन स्मृतियों के सहारे
जिसमें जाने कितने मन्वन्तरों से
अहर्निश बसती आयी है करुणा...

52

वृद्ध होना

छीजता जाता फूलों से पराग
भीतर का आलोक ढँक लेता सात आसमान
कम होती जाती दुनिया में भरोसे की जगह
उदारता एकाएक आँधी के वेग से चली आती
घर के अन्दर रहने

खेल-खेल में टूटते चले गये बचपन के खिलौनों से
ज़्यादा बड़ी नहीं रहती भूल-ग़लतियाँ
कुम्हलाया हुआ दिन हर रोज़ दरवाज़े पर आकर
बताता अब कुछ होने वाला नहीं है

दुःख यातना और दर्द की कॉपी के पन्नों
कई बार तह खुलने से ढीले होते जाते हैं
जैसे उन पन्नों पर ग़लतियों की स्याही
काग़ज़ को और चटख़ बनाती हो

वृद्ध होना
दरअसल ईख का पकना है
बूँद-बूँद बटोरा गया अनुभव
जड़ से कलगी तक भिन जाता जीवन-रस में...

53

पहेली

जो छूट गये कहीं बीच रास्तों में
उनसे अनजाने ही टूट गया नाता

जो छोड़कर चले गये अपनी धुन में मस्त
उनके लिए भला हम क्यों फ़िक्रमन्द हों

जो छोड़ देंगे आगे चलकर यह तय है
उनका क्या किया जाये

यह चिन्ता अभी से सताती है
जिनसे कभी नहीं छूटेगी हमारी दुनिया बेसबब
वहीं होगा ख़तरा सबसे ज़्यादा
डूबने और बचकर न निकल पाने की सूरत

इस पहेली को सुलझाने में
न जाने कितनी बार
ख़ुद से छूटना और बिछड़ना
जारी रहता है जीवन के खेल में...

54

शीर्षासन

सिर के बल खड़े होने पर
धरती की गर्माहट महसूस होती है
ऊपर आकाश की ओर ताकते हुए
मिट्टी की हरारत को कौन थाह सकता है?

हमारी भुजाओं का आनन्द
शरीर पर छलक आये
पसीने की मोतियों का रंग
धरती ख़ूब समझती है

सिर के बल खड़े होना
खुद को मिट्टी की गोद में सौंपना
आकाश को अपने लिए
ज़मीन बना लेने जैसा है...

55

तीर तलवार बरछी और भाले

चुभोया जाना जारी रहे
जब तक यह चुभन
हमारे मन तक न पहुँचे...

हथौड़े पड़ते रहें सिर पर
जब तक देह पर पड़े नीले निशान
अपना दर्द न दे सकें...

तीर, तलवार, बरछी और भाले भी
आजमाये जायें
जब तक उससे मिलने वाले गहरे ज़ख़्म
मनुष्यता के मलहम से भरते रहें...

ये सब चलता रहे
इस पीड़ा को देने वाले
जब तक अपनी राह न बदल सकें...

56

फिर शमशेर

फिर कैसे लौटेगी
वह पंखुड़ी
जो अलग हो गयी फूल से
नियति से अपनी

फिर कैसे हो सकेगी
सुबह हमारी
इतनी शाश्वत और गहरी
नीले शंख जैसी

फिर क्यों ठेलेगा
एक आदमी
अदना-सा एक पहाड़
अपनी कुहनियों से
सिर्फ़ इसलिए कि उसे
आदमी बने रहना है

फिर कब होगी
हमारी कविता में
दुनिया इतनी बड़ी
इतनी बड़ी आत्मा
जैसे कल्पतरु

फिर कब होंगे
शमशेर?

सन्दर्भ : शमशेर बहादुर सिंह स्मरण।

57

फ़ैज़ को पढ़ते हुए

फ़ैज़ को पढ़ते हुए
फ़ैज़ नहीं
फ़ारसी और उर्दू की दहलीज़ पर ख़ामोश खड़ा
दर्द का नग़मा नज़र आता है
अपने बेलौस अनकहेपन में
हमें याद दिलाता
बोल के लब आज़ाद हैं तेरे

फ़ैज़ को पढ़ना
दरअसल उनकी शायरी में मौजूद
उस लौहो-क़लम को पढ़ना है
जिसने कराची और पेशावर की सर्द रातों को
देखा है कई बार
क़त्लगाहों में तब्दील होते हुए
उन्हें पढ़ना
मांटगोमरी लाहौर जेलों की
सीलन भरी तारीख़ों को पढ़ना है
जहाँ ख़त्म हो चुकी है शब्दों से रोशनी
और बाक़ी है सिर्फ़ हिम्मत की स्याही
अपने तर्ज़े बयाँ के लिए

फ़ैज़ को पढ़ते हुए यह जानना
हमारे लिए आश्चर्य भरा हो सकता है
आज अगर वे होते
तो कितना फ़र्क़ पड़ता

फिरकापरस्तों को रावलपिण्डी में?
कैसे लौटता सियासत की बदसलूकियों से
लड़ने वाली उनकी नज़्मों में भी
वह इश्क़ का हमेशा हरा रहने वाला बाँकपन?

फ़ैज़ के शब्दों की रहगुज़र बनते हुए
कहाँ से चिराग़ाँ होती कोई नयी राह
जो हर हाल में सच्चाई को ही मानती
जीने की आख़िरी शर्त
और झेलम के इस पार यहाँ
हमारे लिए यह कितना बेहतर होता
आज भी कि फ़ैज़ होते
जितने कि वे हैं अभी भी
अपनी नज़्मों की तरक़्क़ीपसन्द आवाजाही में
उम्मीद की तरह सुलगते हुए...

58

मछली और काँटा

मछली को आम आदमी माने

मछुवारे वे लोग
जो जनता के बीच से चुनकर
दिल्ली तक जाते हैं

जाल वे सारी घोषणाएँ
जो लुभावने घोषणा-पत्रों से निकलकर
पुराने अख़बार की रद्दी में हो जाती तब्दील

अब आप बताएँ!
दिल्ली सियासत घोषणा-पत्र और अख़बार
को आपस में ताश की गड्डी की तरह फेंटकर
कोई ऐसा काँटा बन सकता है?
जिससे मछली फँस सके...

59

बच्चों की दुनिया

उनमें ढेरों सूर्य हैं और अनगिनत तारे
उनकी बचपन की कहानियों में
ईश्वर भी एक खिलौना है
यह धरती उनके बस्ते में छुपा ली गयी गेंद

वे इस दिगन्त में फैली सुवास हैं
जिनकी गमक पछाड़ती है कस्तूरी हिरणों को भी
वे अपनी ज़िन्दगी में
ठहाकों की तरह ही शामिल करते
रोज़मर्रा की आपाधापी और प्रतिस्पर्धा को

उनके उत्साह का वैभव उतना ही व्यापक
जितना इस पृथ्वी पर पसरा हुआ खारा जल
उनके सपनों की हरियाली उतनी ही आकर्षक
जितना शाम को चहककर गुज़रता हरे सुग्गों का क़ाफ़िला

दुनिया की सारी सुन्दरता और सपनों के बीच
यह बच्चों की पृथ्वी है
अपनी खिलखिलाहट से ब्रह्माण्ड गुँजाती हुई

उसमें भय और पराजय
अमरूद का कुतरा हुआ एक टुकड़ा भर है
जिसे शताब्दियों पहले किसी गिलहरी ने खाते वक़्त
समय के पेड़ से धरती पर गिरा दिया था...

60

रामझरोखा

लगभग हर दिन बदलता हुआ जीवन
झाँकता है इस दरवाज़े से कुछ इस तरह
लगता इसमें बरसों से क़ैद है
यातनागृह का भूला जा चुका बन्दी
जिसकी बेगुनाही की गवाही देने वाला कोई नहीं

यह खिड़की यह झरोखा यह किवाड़ों के दरम्यान
कुछ पाने और खोने के बीच फँसा हुआ कोना
दरअसल सभ्यता के आदमक़द दरवाज़े से
छूटी हुई उस फाँक का मामला भी है
जिसमें बिखरा हुआ है दुनिया भर का तमाशा
कुछ अलग ढंग से शान्त व मरा हुआ

यह झरोखा
जो सभ्यता के आरम्भ से ही मौजूद है यहाँ
एक असमाप्त दस्तावेज़ की तरह
खोला या पढ़ा जा सकता है आज भी

हताशा और ऊबने के वृत्तान्तों से अलग
अनगिनत दुरभिसन्धियों से परे
बची हो सकती है कुछ ऐसी बात अभी भी यहाँ
जो जग का लगभग विफल मुजरा लेकर भी
जीवन में लौटने को बुरी तरह बेचैन हो...

61

चिड़िया की जिजीविषा

लगभग सपाट और निरलंकार ढंग से
शुरू करती है वह हर दिन एक नया जीवन
सब कुछ नियत ढंग से घटता है
उसके घोंसले और संसार की घड़ी में

गर्मी का ताप
बाधित करता उसकी उन्मुक्त उड़ान को

बारिश आती है
तो उसके पंखों को भिगोकर
रिश्तों की तरह कर देती है भारी

शीत का कोप
इतना ज़्यादा कि कड़ी मशक्कत के बाद भी
धुन्ध में नहीं ढूँढ़ा जा सकता अन्न का एक दाना

पतझड़ में बौराई हवा
उड़ा देती उसके घोंसले का
ढेरों रेशा-तिनका

इस बेढब दुनिया की बे-सिर-पैर तकलीफ़ों से परे
चिड़िया फिर भी सोचती है
इस बार उठाया हुआ नया तिनका
उसके नये घर की शायद
सबसे पक्की ईंट हो...

62

पानी की आवाज़

सत्य रास्ते में पड़े पत्थर की तरह है
उसके ठोकर से खुलती हैं
तमाम सारी चीज़ें बेरौनक

उसके गहरे कुएँ में अचानक गिरने पर
उठने वाली आवाज़
सिर्फ़ पानी की आवाज़ नहीं होती

निश्छल जल का
कुएँ में जो स्वर गूँजता है
वो तरलता की शर्त पर
गहराई का सच उजागर करता है...

63

उत्साह की नीली धारियाँ

चलते ढर्रे से उतरकर भी
कभी-कभी जीवन को देखना चाहिए

दुःस्वप्न और हताशा के बाद भी
जिस तरह जीवन चलता रहता अबाध
उस तरह भीतर ही भीतर
चलती रहती एक सच्चाई भी
टिकता है जहाँ आकर जीवन अकसर
ऊबड़-खाबड़ रास्तों से होता हुआ...

ऐसे में अचानक एक दिन
किसी नीली चिड़िया को
मिल जाता है उसका निर्मल सत्य
दूर आसमान में उड़ते हुए

बादलों का रंग जिस तरह भर जाता है
उसकी अथाह जिजीविषा वाले पंखों में...

जीवन की उपस्थिति भी कई बार इसी तरह
लाल-पीले होते आसमान के कैनवास को
उत्साह की ढेरों नीली धारियों से भर देती है
शाम के धुँधलके में जब कभी नीली चिड़िया
लौटते हुए अपने घोंसले को देखती है...

कुश्ती का अखाड़ा–एक

हम धरती को
खेल का बिछावन बनाने के लिए छीलते हैं
जैसे किसान उसकी कोख को
उपजाऊ बनाने के लिए जोतता है

यह ज़मीन, जिस पर हमारे शरीर का भार है
हमारी देह को सबसे निखरे रूप में सौंपने की ख़ातिर
ख़ुद को वत्सला बनाती रहती है सदैव

ताक़त का कोई भी अध्याय हो
शरीर के श्रम का कैसा भी आलोकित प्रदेश
यह मिट्टी है...
जो हर एक का दर्प तोड़ देती है
उसे सहलाकर ही
भुजाओं में मछलियाँ उकेरी जा सकती हैं...

65

कुश्ती का अखाड़ा–दो

हम सिर्फ़ मैदान में लड़ते ही नहीं
अखाड़े के दाँव-पेंच से विरोधी को परास्त भर नहीं करते
न ही हमेशा मुट्ठियाँ भींचे हुए
दूसरे को कमज़ोर साबित करते हैं

हम में भी एक मनुष्य बसता है
हमारी साँसें भी गर्म होतीं
आँखें भीगती रहती हैं
हमें बचपन के खेल और
माँ के हाथ की बिलोई लस्सी
चूल्हे पर सिंकती रोटियों की याद आती है

हम मिट्टी की सन्तानें!
अखाड़े से बाहर बिना नींद के भी सपने देखते हैं
हमारे सपनों में भी
सूरज चाँद तारे और आसमान उतरते हैं...

66

कुश्ती का अखाड़ा–तीन

ताक़तवर को भी सुस्ताने की छाँह चाहिए
मुट्ठी में उतर आया विश्वास भी
नींद के सिरहाने जाने को उत्सुक रहता है...

फिर यह तो, अखाड़ा है हमारा
हर क्षण शक्ति के सन्धान का मंच
नये सिरे से ख़ुद को
आजमाने की एक कोशिश...

शक्ति के संचार के लिए
थोड़ा ठहरकर उठना
भुजाओं में आत्मविश्वास पाने का
एक तरीक़ा भी हो सकता है...

67

कुश्ती का अखाड़ा–चार

मिट्टी में तपाई हुई यह कंचन-काया आप देखते हैं
भुजाओं में विश्वास
और आँखों में दीप्त अंगारे...

मगर क्या आप जानते हैं?
दिन-रात अखाड़े में पसीना बहाते हुए
हमारे शरीर भले ही फौलाद की तरह
पत्थरों में उकेरे गये
नायकों की बलिष्ठ देहयष्टि की तरह
दिखते हों...

फिर भी, एक मन है
जिस पर अखाड़े की मिट्टी का सोंधापन गिरता है लगातार
वही बचाये रखता है हमारी आत्मा के प्रकाश को
वही हममें यह विचार डालता है
ताक़त का सही इस्तेमाल कब और कैसे किया जाता है...

दो युगों की सन्धि-प्रकाश बेला में...

सन्त देख दौड़ आयी, जगत देख रोयी...

—मीराबाई

68

अष्टछाप–एक

दिन के आठों प्रहर के खेल निराले हैं। साँवरी काया वाले कन्हैया की दिनचर्या इन प्रहरों की आपसी जुगलबन्दी पर जैसे दूज, पूर्णिमा और अमावस को कर देती श्लथ। आठों-आठ कवि, गीतकार और लला की सेवा में उपस्थित सन्त अपना नया संसार रचते हैं, रागों के खिलने वाले समय को क़लम से बाँधते हुए। सम्प्रदायों की पद्धतियों को थोड़ा परे धकेलकर लोक की महिमा का बखान करने वाला बहीखाता, जिल्द में समेटा जाता है। गोकुल बृज और नाथद्वारा के संकीर्तन करने वाले अपने देव की लकुटी-कमरिया के मोहपाश में सदियों से बँधे हैं, जैसे धेनुओं के गले में बजती वैजयन्ती घण्टियाँ... मंगला, शृंगार, ग्वाल, राजभोग, उत्थापन से लेकर शयन तक पसरा हुआ साहित्य का वैभवपूर्ण दरबार। अष्टयाम में रुनझुन बजता भक्ति संगीत। जैसे अभी ओस के फूल खिलेंगे, तो दूसरे पल, जल पर पड़ती चन्द्रिका की छाया यमुना का जल सँवार देगी। दूर मन्दिर की हवेली से राग हिण्डोल बसन्त में छीतस्वामी गाते हुए—
गोवर्धन की शिखर चारु पर...

राग देवगन्धार, रामकली या काफी की उपस्थिति में लला का हृदय कुछ और कोमल, कुछ और लावण्य में तेल के दीपक की मानिन्द झलकेगा। दीपावली के दीयों का उत्सव राग कान्हरा की आलापचारी में ज्योतिर्मान... देवता का नित्यकर्म दरअसल सेवारत कवियों के साहित्य का मानसरोवर है, जिसमें तैरते रहते हैं भावक राजहंस। तोतों की चहचह वाणी से गूँजता रहता है आम्रकुँज। कविगण फिर भी जतन से किसी रागिनी के आश्रय से प्रभु को सुलाने में तल्लीन। नूतन छन्द, सवैयों, पदों को रचते और गाते हुए...

69

अष्टछाप–दो

गोरोचन सा तिलक। जैसे ईंगुर, श्री, रोली से सजा हो कन्हैया का भाल। नाथद्वारा मन्दिर का जगमोहन और हवेली का परकोटा समस्त दिशाओं में रागिनियों से सुवासित लय पर मनाता है जन्म की अष्टमी। सूरदास अपने अन्तःनयन से निहारते उस बालक को, जिसके लिए लिखा जाता– *रानी तेरो चिरजीवौ गोपाल* सरीखा पद...

समस्त बृजमण्डल में शहनाई, ढप, झाँझ, मृदंग और मंजीरे की ध्वनि में गुंजरित होता है यशोदा का चौबारा। लिखी जा रही समस्त कविता इस जन्म नक्षत्र के कालखण्ड से निकलकर, युगों मनवन्तरों की यात्रा करती हुई इतिहास के पार वर्तमान तक फैल जाती है। नटवर का आगमन, दरअसल कलाओं का सूर्य की तरह उगना है। इस कला प्रकाश में मोरपंख अपने विविध रंगों से फैलाता है उजाला। संगीत में भक्ति, भक्ति में संगीत, संगीत में माधुर्य, माधुर्य में वत्सलता, वत्सलता में मोह, मोह में शरणागति, शरणागति में आनन्द और आनन्द में जन्म की बधाई सुनाई देती है।

70

अष्टछाप-तीन

गोचारण करके शाम की पहली फाँक के अधडूबे सूर्य के प्रकाश में लौटती हैं ढेरों सवत्सा गाएँ। कालिन्दी की धारा में मीठी बाँसुरी की टेर घुलती है, जैसे माटी के सकोरे में जल समाता है सोंधेपन के लिए... कालिय मर्दन का बहाना कन्दुक-क्रीड़ा भर है, जबकि गज और ग्राह्य की लड़ाई गजेन्द्र मोक्ष स्तोत्र बनने का आधार... इधर वल्लभाचार्य के सारे शिष्य रचते रहते वन्दना के छन्द हर ऋतु-परिक्रमा के अनन्तर... उधर कनिष्ठा पर धारण होता गोवर्धन पर्वत, जो करता इन्द्र के मान का शमन।

लीलाएँ अपना स्वरूप, अपना मंच, अपने पात्र और अपने कथानक बदलती रहती हैं, जबकि कृष्ण-मार्ग पर जाने वाली हर कथा किसी पुराण, उपनिषद, आगम की कॉपी पर उतार दी जाती है... अष्टछाप का लालित्य, देवता के सम्मुख जगमोहन में बैठकर उनके नवल सलोने रूप की कथाएँ। पाग, वसन, फेंटा, दुपट्टा और हारावली के पार्श्व में पिछवई का झिलमिलाता आमोद, जैसे पारसी थियेटर के मंच पर कुछ रंगे-चुंगे परदे पड़े हों अपलक ... उन्हीं परदों से अभी मोर, हंस, हिरन और शुक-सारिकाएँ निकलकर रच डालेंगी महारास का हरा भरा उपवन... आज भी बह रही, यमुना, तमाल के वृक्ष पर कुसुमित हो रहीं नव-कलियाँ, वंशी बज रही है मन्वन्तरों के प्रवाह में अबाध रूप से और गोधूलि में लौटकर चली आ रहीं हैं कामधेनुएँ...

समय यहाँ आकर ठिठक गया है, आठों प्रहर अपने वर्तमान से निकलकर चले गये दो युगों की सन्धि-प्रकाश बेला में... लगता है आज भी तो अष्टछाप बैठे हुए हैं कविता के हवेली संगीत में अविचल गाते हुए लीला के पद...

71

सहगल का हारमोनियम–एक

उस पर बन्दिशें टँकी हैं ऐसे
जैसे आकाश के इमामज़ामिन पर चाँद-सितारे
उसकी रीड के हल्के से दबने पर
परदों से सटकर गुज़रती हुई हवा
जालन्धर के पंजपीर चौक से
देखी जा सकती है उठती हुई
इस हवा के नम्र मिज़ाज का फलसफ़ा
बड़े-बड़े फ़नकारों की पुकार से तय होता है
जिसे कुछ साधारण लोग भी दूर से पहचानते हैं

पता नहीं उसे जालन्धर से मँगवाया गया
या कलकत्ता के दास-ब्रदर्स ने चुनकर
अपनी दुकान से सहगल के पास भिजवाया
पता नहीं सहगल तक आते-आते
किन लोगों की उँगलियों के निशान
उसकी सफ़ेद और काली रीड पर पड़कर
मन्द्र और तार को बेवजह ही छेड़ गये

वो एक तारीख़ का सरमाया है
एक समय तो डूबती उदास शामों का ठिकाना
एक हद तक ज़िन्दगी से होड़ लेती लय का रहगुज़र
और न जाने कितनी बनी–अधबनी धुनों का माशूक़

एक पहेली से ज़्यादा अब वो रवायत का मामला है
पुरानी फ़िल्मों और बहुत पुराने संगीत की रोशनी में
जिसकी गूँज किसी सधे हुए जर्मन रीड वाले हारमोनियम की तरह
आज भी इतिहास में सुनी जा सकती है।

72

सहगल का हारमोनियम–दो

दुःख के गीतों को इस पर रहल की शक्ल में पढ़ा गया
रागों के लिए जालन्धर से होकर मुरादाबाद, कानपुर
और दिल्ली होते हुए इसमें कई शहरों के पते दर्ज हुए
शिमला में जब कड़ाके की ठण्ड पड़ती थी
तब इस पर कुछ अलग ढंग से पहाड़ी के सुर चढ़ते थे

नाटकों के वक़्त गाते हुए और थोड़ी परेशानी के रंग में डूबे
एक कलाकार के दर्द के लम्हे भी इसकी पेटी में क़ैद हैं
वैसे तो यह एक हारमोनियम भर है
जिसे सारंगी पेटी की साधारण सी दुनिया से निकालकर
रैमिंग्टन टाइपराइटर कम्पनी का एक अदना सा कर्मचारी
कुन्दनलाल सहगल के हाथों में खेला जाने वाला बाजा बना देता है।

73

सहगल का हारमोनियम–तीन

वो हिस्से में आया मुकेश के
जो सहगल की तरह बनना चाहते थे
और उन्हीं की तरह गाना

वो नहीं मिल सका किशोर कुमार को
जो सहगल को सुन-सुनकर संगीत सीखते रहे
और उन्हें मिले बिना ही गुरु माना

उसे लता को भी कहाँ मिलना था?
जो ज़िन्दगी भर इस ग़म में रहीं तड़पती
एक बार सहगल को सामने से देख पातीं
और सुन लेतीं कोई गाना

वो उनके हिस्से में भी जाने से बचा रहा
थियेटर की दुनिया में जिन्हें सहगल के साथ
शोहरत को था ओढ़ना-बिछाना

वो आज भी उन सबको आख़िर कहाँ मिलेगा?
जो सहगल की तरह बनना चाहते हैं
और उनके सुर में गाना।

74

सहगल का हारमोनियम–चार

उसमें कितने ऐसे थे जो सहगल के जाने के बाद
मुड़कर उसके बारे में सोचते होंगे

कितनों ने जीते जी उसकी ख़ुशी में
ख़ुद को शामिल किया होगा उस मुस्कान की तरह
जो *स्ट्रीट सिंगर* और *ज़िन्दगी* जैसी फ़िल्मों में
सहज ही कुन्दन के चेहरे पर दमकती थी

कितनों ने थोड़ी झिझक के साथ
उसके जीवन के सूनेपन में हाथ पकड़कर
देर तक ऐसे ही चलने का वादा किया होगा
जो अपने कठिन पलों को उसकी आवाज़ से
सरल बना लिया करते थे

रात की स्याही में जब मन्द्र से उठता हुआ
सहगल का गला कभी रुँध जाता होगा
तो वे कौन लोग होंगे जो उससे सहमत न होकर भी
चुपचाप ढाढ़स बँधाने चले आते रहे हों

फिर भी सहगल थे और उनका हारमोनियम था
'दुःख के दिन अब बीतत नाहीं' जैसा गीत था मार्मिक
और ज़ौक़ की उनकी पसन्दीदा ग़ज़ल
'लायी हयात आये, क़ज़ा ले चली, चले'

और कभी न मिटायी जा सकने वाली
वो दर्द भरी दास्तान भी साथ थी
शराब में डूबी हुई और सुरीली...
जिसके कुछ अल्फ़ाज तो उसी हारमोनियम पर
सुर में बाँधकर तब्दील किये गये...

75

मिनियेचर पेंटिंग

चमकते फूलों के छतनार पेड़ के पीछे से पूर्णिमा का पूरा गोल चाँद झाँकता है। अपनी सलोनी आभा में फैली हुई रात की नदी में फूलों, पंखुरियों, रंगों और तितलियों के अक्स झिलमिलाते हैं। एक स्त्री यौवन के भार से झुकी हुई महल के परकोटे में झरोखे के बाहर कुछ ऐसे देखती है, जैसे आधी देह पानी में और आधा रूप चन्द्रमा के दर्पण में चमकता है। नदी के पास कृष्णमृग भी हैं, जो पानी कम पीते हैं, कुलाँचें अधिक भरते हैं। पूरे दृश्य में कुछ अन्य स्त्रियाँ भी हैं, जो सतरंगे परिधानों में उसी नायिका को विस्मय से ताकती हैं, जो चन्द्रमा को देखते हुए पानी की परछाईयों में उभरती है। दूर बैठा कोई गवैया शायद मेघ या मल्हार की किसी मोहक बन्दिश के सुर में डूबा है। यह सब एक ख़ास दृश्य में घटता है। यह सब होने के लिए एक दृश्य बुना जाता है। यह सब हो रहा है, इसलिए एक दृश्य पर इस तरह भी हम रुकते हैं। उसी क्षण विभोर होकर हम उसी दृश्य में ताकते हैं कि कैसे चमकते हुए फूलों के छतनार पेड़ पर चाँदनी के मोरपंख गिरते हैं।

76

हरेपन का उत्सव

पक्षी कुतरते हैं दूब की नोक पर उग आयी हरीतिमा। तोते चोंच मारते हैं गाढ़े हरे मिर्च की तलवार जैसी म्यान पर। हंसों को पता है, जिस हरे जल पर तिरते वे सब—उसका रंग काई का बिछौना है। बारिश के बाद मोर ख़ुद के ही रूप-सम्भार पर मुग्ध, पंखों को चारों ओर छितराकर हरापन लुटाता है। दरख़्तों पर उतरी हुई हरी आभा अकसर सतरंगी तितलियों को अपने पास बुलाती है। बसन्त के पीले फूलों के सान्निध्य में मनने वाले हरियाली के उत्सव में कई बार दूसरे रंग भी हिस्सा लेते हैं।

जीवन भी इसी तरह सुख-दुःख के रागों से भीगकर कुछ मटमैला हरा बनता जाता है। हरेपन का उजाड़, जो धूसर रंग के झरोखे का चौगान है, पतझड़ के आने की सूचना का पोस्टकार्ड... ऐसे ही मुरझाये हुए दरख़्त के कोटर को छीलकर चिड़िया हरेपन के बचे रहने का उत्सव मनाती है।

77

मुस्कुराहट की दुनिया

(चार्ली चैप्लिन की फ़िल्में देखने के बाद)

सभ्य लोगों की काली-सफ़ेद दुनिया पर
एक नौजवान की मुस्कुराहट भरोसा करती थी
जानकर आश्चर्य होता है और इस बात पर भी
क्रूरता के भयावह और चमकदार इतिहास में
वह धड़ल्ले से घुस जाता था
अपनी भोली-भाली टोपी और तुनकमिज़ाज छड़ी लिए हुए

उसे ग़ौर से देखो तो मालूम पड़ेगा
इस लम्बी मुस्कान को पाने के जतन में
विक्टोरियन लन्दन के एक बच्चे ने
कई-कई रातें भूख में जागकर गुज़ारी हैं
मासूमियत से दिल जीतने की कला के पीछे
ग़रीबी और यन्त्रणा का नाटक चलता रहा है
लैम्बेथ-वा़क्सहॉल की सड़कों पर

उसका छोटी-छोटी तकलीफ़ों का मज़ाक़ बनाना
अपने दिल के बड़े से तसले में
पूरा तारों भरा आसमान उतारना था
जब हम पीड़ा में डूबी हुई ज़िन्दगी के पन्नों पर
ख़ुशहाली और सौम्यता का सादगी-भरा बयान देखते हैं
तो गड़ जाते शर्मिन्दगी से
हमने कितना कुछ पाया और कितना कुछ गँवाया है
कितनों को पीठ दिखाकर भागे और पकड़े नहीं गये
ज़िन्दगी में कई बार झूठ बोला जिस पर सभी चुप रहे

ऐसे में उसकी तंग ज़िन्दगी के
सादे पन्नों को फाड़कर लिखी गयी सच्चाई से
कहाँ सीख पाये हम
वह अपनी कोमल भावनाओं से पोंछने लगता था
हममें से कइयों का आँसू-भरा चेहरा
क्रूरता दमन और पाशविकता की आभिजात्य ज़रूरतें
गड़ने लगती थीं उसकी सहज आत्मीय संवेदना पाकर

कुछ दर्द और कुछ भोलेपन में गूँगे ढंग से
कही गयी उसकी बातें बेधती हैं
आज भी हमारी रंग-बिरंगी मनोरंजक शामें

नौरवुड स्कूल के इस बच्चे की गूँज
परदे के पीछे से
साफ़ सुनाई पड़ती है दशकों बाद
वह हँसी-खुशी और कुछ-कुछ सयानेपन से
बदल देता था यह निर्मम और विराट संसार
और हम उसे देखते रह जाते थे यह सोचते हुए
चैप्लिन के रहने पर
हम अपने को थोड़ा बेहतर बना सकते थे।

78

नौटंकीवालियाँ

उन्हें लौंडियाँ कहा जाता था
और उनके फ़न को नौटंकी तमाशा
पता नहीं उनका हुनर
याद रखने लायक था या भूलने लायक
मगर उनके अफ़साने बिकते थे बाज़ारों में
पटना, कोल्हापुर, बनारस, सांगली,
मिरज, चिलबिला और कानपुर को छोड़कर
उनके मुहब्बत की सड़क
जुगुनुओं से भरी साँझ से होकर गुज़रती थी

वे रईसजादों की पनीली आँखों से डरकर
शोहदों की नींदों में गिर पड़ती थीं अकसर
पुराने साज़ों पर उतरे हुए सुर की तरह जवानी थी उनकी
इधर बाजा कसा जाता था
उधर उनके मासूम चेहरों पर परीजाद चेहरा
मंच पर अकसर मिलने वाले उनके शैदाई
अपने फेफड़ों में दम भरकर पूछते थे
'डार्लिंग सोडा पियोगी या लैमन?'
और वे हँसकर अपने पुरातन प्रेमियों को दुलारतीं
'राजा! एक फूल ले लो'
पता नहीं उन नाटकों के प्रेमी
उनसे कितना नाटक करते थे और कितना डरते थे
या उनके अफ़सानों की गिरफ़्त में पड़कर
सचमुच का प्रेम करने लगते थे

वे नौटंकीवालियाँ थीं
अपने पारसी मालिकों का दिल लुभाने वाली तितलियाँ

वे फूल थीं बेले की लतर और प्रेम भरी क़िस्सों की हूरें
और कुछ लोग उन्हें ग़ज़लों की बुलबुलें मानते थे

वे पहली बार किसी भी शहर को अपनी आँखों से नहीं
लोगों की हवस भरी निगाहों से देखती थीं
और उन रंगबिरंगे तंग बाज़ारों के मिज़ाज से भी
जहाँ तारों की तरह टिमटिम करती
बिकती थीं बिन्दी चूड़ियाँ सुरमा और परान्दे

वे नौटंकीवालियाँ लगभग पिछली आधी सदी तक
हमारी रोज़मर्रा की ज़िन्दगी में मौजूद थीं
लगभग पिछली पूरी सदी बीत जाने के बाद वे नौटंकीवालियाँ
आज भी जीवित हैं हमारी स्मृतियों में

वे जब तक थीं तब तक उनके अन्दर
प्रेम की धधकती गुफा में
रिसता रहता था ज़माने भर का बटोरा सन्त्रास
और बाहर चमकता रहता था उनका गाढ़ा दुःख
इन्द्रधनुष के सतरंगे वितान की तरह

आज जब वे नहीं हैं
तब यह अन्दाज़ा लगाना बड़ा मुश्किल है
पटना, कोल्हापुर, बनारस, सांगली
मिरज, चिलबिला और कानपुर को छोड़कर
कोई और शहर भी शायद ही होगा
जो उनके लगातार रिसने वाले गाढ़े आँसुओं को
अपने दुःख से साझा करके याद करता होगा...

79

चतुरंग

श्वेत-श्याम घरों में तुरंग की ऐसी चाल, जैसे चारुदत्त का बेटा अपनी माटी की खिलौना गाड़ी लिए दौड़ता है शूद्रक के नाटक में। सजा-धजा कुंजर अपनी सीधी चाल को पुरातन समय से साधे, उसे मालूम है युद्ध और षड्यन्त्रों के इतिहास में उसे सम्राट को उसके वैभव, अस्त्र-शस्त्रों को देह पर सँभाले हुए सबसे आगे चलना है। आते हैं जिस तरह देवासुर संग्राम में इन्द्र, ऐरावत पर सवार... नहीं करता हल्का सा भी हस्तक्षेप तिर्यक चाल में सबसे धीर-गम्भीर ऊँट, अपनी ही सेना के बाक़ी साथियों अश्व और हाथी के संग... राजपूताने की लड़ाइयों से परिचित है गज पुराण... राजा को बचाने और उसका विजय सुनिश्चित हो, यही चतुरंग का है नियम।

श्रीमन्त सेना की युक्तियाँ, शत्रु को घेरने की कुटिल चालें, स्वयं को शत्रु सेना से बचाये रखने की सन्तुलित योजनाएँ, सामने युद्ध के मैदान में दूसरी सेना के अधिपति और मन्त्री को चतुर्दिक घेरकर चक्रव्यूह रचने का खेल ही आदर्श। इस खेल को रचने में एकाकी होने का अभिशाप भोगता है सैनिक। अपनी सम्पूर्ण शक्ति में समर्पित सैनिकों की पैदल रणनीति। उनके त्याग, सेना को बचाने में प्राण देने का सहज आत्मीय बलिदान, कभी भी इतिहास नहीं बनाते... चतुरंग के नियम से स्थगित है सामान्य योद्धा का शौर्य।

ये कैसा खेल, जो मनुष्य जीवन के मूल्य पर आज तक पसरा चतुर्दिक? चतुरंग क्रीड़ा पर चलती है दुनिया... राज्य व्यवस्था और संसार में बने रहने का मामला... चतुरंग न आता खेल बनकर हमारे जीवन की प्रतिस्पर्धा में, क्या सम्भव है कि संसार चलने के तरीक़े तब किसी दूसरे नियम के अधीन होते?

80

बुनकर-कथा : एक

मैं अपने हुनर को दोनों हाथों से उठाता हूँ, जैसे खुद अपनी सलीब उठाता हूँ। मैं खुद के बनाये कपड़ों को उसके रंगों समेत उठाता हूँ, जैसे दर्द से भर आये अपने चेहरे पर उसके ताने-बाने को उठाता हूँ। मैं सादे और सुलझे धागों को उनकी सुन्दर बुनावट की शक्ल में उठाता हूँ, जैसे एक हुनर को परिभाषा न देकर, अनजान रिश्तों की पहचान को उठाता हूँ। मैं गुलबूटों और कशीदाकारी को उनके सलोने सलमों और इठलाते सितारों समेत उठाता हूँ, जैसे आसमान से इन्द्रधनुष की चमक उठाता हूँ।

मैं निपट जुलाहा भर हूँ..., सूती रेशमी धागों के परिवार का वारिस... कशीदा काढ़ने के लिए मनपसन्द रंग चुनने वाला रंगरेज... देखो ना! अपनी बुनी हुई धानी चुनरिया उठाता हूँ...

81

बुनकर-कथा : दो

एक बुनकर अपनी कालीन पर थोड़ा आसमान थोड़ा चाँद और थोड़े सितारे सजाता है, जैसे वो प्रेम के लिए किसी से मिलने का बहाना जतन से काढ़ता हो। कोई सीवन कच्ची न रह जाये, कोई टाँका बेमेल न उतर आये, उसके लिए चुपचाप ढेरों रतजगों का उजाला बुनता है। वो जो कालीन पर कभी शिकारगाह, फूलों से भरा बग़ीचा, झुण्ड में तितलियों का उड़ना और पक्षियों का कलरव सँजोता है, उसमें नारंगी से निकलता हुआ हरा, हरे को पीछे छोड़ता हुआ नीला, नीले से उकताया हुआ गुलाबी, गुलाबी के सम्मोहन से बिछलता हुआ लाल, लाल से दूरी बरतता बैंगनी, बैंगनी के सम्मोहन से छिटका हुआ फीरोज़ी, फीरोज़ी के दायरे से बाहर चला गया रुपहला और रुपहले के मोहपाश से थोड़ी दूरी बरतता काला—सब अपने संसार बनाते जाते हैं... जैसे ये सारा खेल-तमाशा ढेरों रंगों और धागों की दोस्ती पर जाकर टिका हो... हो सकता है, इस पर कोई चलना भूलकर इसे सिर्फ़ सहलाना चाहे। जैसे, कभी किसी गौरैया को पंखों से छूकर हम उसे छोड़ देते हैं। फूलों, पत्तियों को बिना तोड़े हुए अकसर हौले से छूकर आगे निकल जाते हैं। जीवन को पीछे लौटकर देखते हुए अचानक आगे मुड़कर फिर एक नयी तलाश में बढ़ जाते हैं...

82

बुनकर-कथा : तीन

कांजीवरम, बनारसी, जामदानी या पोचमपल्ली की साड़ियों से बँधा हुआ बुनकरों का अड्डा और रंग-बिरंगे रेशमी धागों का जाल... लगता है इनके मोह से कभी ये संसार बाहर निकलना चाहे... हो सकता है कभी पैठणी साड़ी से निकलकर उसके तोते उड़ना चाहें, तो उड़ सकते हैं। बालूचरी के कपड़े से सरोवर के किनारे अठखेलियाँ करते हुए हंस के जोड़े उसके जल से बाहर छलाँग लगा सकते हैं। पारिजात, चम्पा, कनेर, कुमुदनी, कुन्द और कमल के फूल चाहें तो पोचमपल्ली के आँचल से निकलकर बाहर उपवन में फैल सकते हैं। कांजीवरम और बनारसी के घोड़े और पुष्पहार लिए हुए गजों के झुण्ड समेत चौकड़ी भरते हिरन और गर्जना करते सिंह-शार्दूल भी उस जंगल की हरीतिमा से ऊब सकते हैं, जिन्हें बुनकरों के कुशल हाथ और अनुभवों ने एक ही ज़मीन पर उतार दिया है।

83

बुनकर-कथा : चार

यह सिर्फ़ कढ़ाई की हुई चुनरी या किसी ग्राहक का दुशाला नहीं है, जिस पर रंग-बिरंगे फूलों का मौसम आया हुआ है। यह धैर्य से चुपचाप कुछ सीने-पिरोने का दस्तावेज़ भी है, जहाँ अकसर आँखें थक जाती हैं... उँगलियाँ काम नहीं करतीं। शरीर में एक सिहरन होती है इस डर से कि न जाने ये रेशमी चूनर कभी पूरी हो भी पायेगी? कभी कुछ हाथों से सिला हुआ खुल गया अचानक, तो कोई रफ़ूगर इसे सलीके से ढँक पायेगा? मेरी विरासत और पीढ़ियों से चली आयी नफ़ासत को कोई नया सीखने वाला क्या समझ भी पायेगा, उँगलियों की पोरों में बरसों से चुभती हुई सुइयों के दर्द को जो हमेशा छुपाना पड़ता है?

84

सोहनी–एक

महिवाल?
क्या इसलिए मुझे सोहनी होना पड़ता है
हर बार
अपनी एक-एक साँस सँजोए मैं
जब भी तुम्हें ढूँढ़ने निकल पड़ती हूँ
दरकने लगता है ऊपर सात आसमान में
कुछ न कुछ ज़रूर

तू मेरे लिए
ओझल हुआ जाता है
मैं तेरे लिए दर्द की नदी
बनती जाती हूँ

महिवाल?
अगर गुम हो जाऊँ मैं अचानक
ख़ून का एक क़तरा भर रोओगे मेरी ख़ातिर
या अँधेरी स्याह रात का दुपट्टा
सजाओगे मेरी यादों के सितारों गुलबूटों से

महिवाल?
ये क्या देखती हूँ मैं
तुम्हारी ग़ैर हाज़िरी में सोहनी
कभी डोर कभी पतंग
हुई जाती है

जब मैं ज़ख़्म बनती जाती हूँ
तुम क्या हुए जाते हो
महिवाल?

85

सोहनी–दो

बादल नहीं प्रेम बरसता है
जैसे बजता हो इकतारा किसी सन्त का
रंगों के उत्सुक शहर में

सागर नहीं हिलता
ढेरों सीपियाँ रंग घोलती हैं आसमान में
इस भरोसे कि तितलियाँ लौटायेंगी
हमारे पुराने सपने कभी न कभी

कोई देख नहीं पाता हमारी देह
चन्द्रमा नीम बेहोश कर देता है
उन आँखों को
जो कई जन्मों से टटोलती रहतीं
चौतरफ़ा पसरा दुःख हमारा

देवदूत से लगते कुछ लोग
भटककर चले आते कभी
इस सुनसान निर्जन गली में
जाना ही नहीं चाहते फिर
अपने जीवन में दोबारा लौटकर

चिनाब का रंग-रोगन सँभाले
और सूरज का उजाला पहने
जो निकल पड़ती सोहनी कभी बेहिचक
रात से लड़कर

सूफ़ियों का सबद
पानी का रंग
और तितलियों के देश में क़ैद सपना
महिवाल बन जाता है...

86

सोहनी–तीन

मेरे महिवाल
क्या तुझे पता है
मेरी काया का जल
जहाँ-जहाँ गिरता है
वे सभी जगहें रातों-रात
अखनूर* बन जाती हैं

महिवाल
ये दुनिया क्यों नहीं समझती
प्रेम को तो नाप नहीं सकता कोई
न तो प्रेम का कपड़ा
न ही धागा प्रेम का
और न ही प्रेम की सिलवटों
में मौजूद ढेरों रंगों को
तितलियाँ ले जा सकतीं दूर

महिवाल मेरे
तू ही बता मेरे बीत चुकने के बाद
देह का अस्थिपंजर
किस दुनिया के काम आयेगा?
चील कौव्वों से भी जो छूट गया
मेरे जिस्म का एक उदास टुकड़ा
क्या वो चिनाब तक जायेगा?
या एक पीली चिड़िया उठा ले जायेगी
कहीं दूर उसे अपने घोंसले तक

महिवाल
क्या तुझे याद है
जिन गलियों से गुज़रे हम कभी
शाम अँधेरों में
उनमें छूट गयीं हमारी यादें
क्या कभी दे पायेंगी
दूसरों की नेह भर बाती के लिए उजाला

महिवाल मेरे
हमारे साथ होने के अर्थ का
भले ही मर्म खुले सदियों बाद
मगर क्या इतना करेगा
आने वाला समय
कि अखनूर के मौसम में
और वहाँ के सब्ज़ दरख़्तों पर
जब भी बहार आयेगी
कोई ऐसे ही पुकार लेगा
मेरा नाम तेरी साँसों से जोड़कर
सोहनी महिवाल...

सन्दर्भ : *सोहनी महिवाल की अमर लोक-कथा से प्रेरित, जिसमें चित्रकार अर्पणा कौर की सोहनी शृंखला के चित्रों से भी छवियाँ और बिम्ब लिये गये हैं। अखनूर, सोहनी के जन्म का गाँव है।*

हम सब में टूट-टूटकर बिखरा तुम्हारा होना...

प्रेम बान जोगी मारल हो, फाटा हिय मोर...

—पलटूदास

87

अम्मा का चेहरा

रक्ताभ सिन्दूर से दमकता
अम्मा का चेहरा
हमेशा परेशानियों से दूर दिपता था
वो चेहरा बचा रह गया स्मृतियों में
जैसे स्मृतियाँ
किसी दूसरे जीवन का सच हों

मेरी पीड़ा का परिसर
अब इतना विस्तृत है
उस चेहरे को छू पाना सम्भव नहीं
जीवन की उदास बहती नदी में

जैसे इत्र की कोई शीशी
खुलकर बिखर गयी हो

चन्द्रमा को लगा हुआ महावर
जैसे अपनी गुलाबी रोशनी से
मेरी नींदों का दरवाज़ा हर रात खटखटाता हो

पतझड़ के सूख चुके काँटे चुभे हों मन में
और मेरे सपनों में चुपके से आकर
अम्मा उसे बुहारती हों

जैसे स्मृतियों के पार
किसी आकाशगंगा के दर्पण में अम्मा
अपना चेहरा रक्ताभ सिन्दूर से सजाती हों...

88

आनन्द के आँगन में माँ

मैं अपने होने को तुम्हारे न होने के बीहड़ सच में ढूँढ़ रहा हूँ
तुम्हारी अनुपस्थिति की चादर से मेरी उपस्थिति का
सलमा-सितारा उघड़ गया है
मेरे आनन्द के आँगन में तुम्हारे मौन की साँकल पड़ी हुई है
मैंने आधा सपना बुनकर छोड़ दिया इसलिए कि तुम्हें पूरा करना है

तुम देखे हुए झूठ को भुला दो
क्योंकि अदेखे सच से हमारी दुनिया शुरू होती है
तुम्हारे दोबारा आने से पहले मुझे तुमको
प्रार्थना की तरह अपने लिए लिखना है

आँगन में मेरे शब्द ढाढ़स की तरह बिखरे रहते हैं
जैसे कह रहे हों कि तुम यहीं हो पास में कहीं
और यह जो चाँदी जैसा रात भर चमकता है
उसमें कोई जादूगरनी अपनी तकली पर
मेरे आनन्द का सूत कातती है लगातार...

89

एक बार फिर आओ माँ

आओ एक बार फिर
आओ न माँ
हमारे घर नीम के पेड़ पर फूल बन महको

एक बार फिर आओ
हमारी अमराई में
अपनी गोद का झूला डालने

आओ माँ
एक बार फिर आ जाओ
देखने अपना दुआर
वहाँ तुम्हारा सारा सामान वैसे ही सँभाल रखा है
साड़ियाँ, सिंगार की चीज़ें
और तुम्हारे हाथ के बुने हुए स्वेटर
तुम्हारे बनाये अचार बड़ियाँ और पापड़

आओ एक बार
घर की धरती को फिर से
भिगाओ माँ
दीवाली में चौक पूरने
लगाने होली का अबीर
अपनी देहरी को दुलारने

एक बार आओ माँ
फिर से आओ
अपनी कोख में हमारे सपने धारण करने के लिए

आओ न माँ!

90

प्रतीक्षा

न जाने कितने रंग
करते रहे उदासी से प्रतीक्षा

जाने कितने कैनवास पर
नहीं उकेरा जा सका कुछ भी

न जाने कितने मित्र हितैषी
तकते रहे तुम्हारे लौट आने की राह

न जाने कितनी सदियाँ और जन्म
देखते रहे लौट आने की
हर मौसम में बदलती पगवट

न जाने क्यों यह उदग्र प्रतीक्षा?
न जाने क्यों
चला जाना याद रह गया

हम सब में टूट-टूटकर बिखरा तुम्हारा होना
फिर भी लौटने की बाट जोहता रहा?

91

जामुन और अमरूद

अम्मा को बहुत प्रिय थे
जामुन और अमरूद
किसी भी शहर में होता मैं
दिख जाते तो ले आता था उनके लिए

वो सहज होती थीं प्रसन्न
अपनी पसन्द के फल पाकर
जैसे गिलहरी को मिल जाये अखरोट
गौरैया को गेहूँ, बाजरे का दाना

अब मन रहता है उदास
जब दिखता ठेले पर
अमरूद और जामुनों का ढेर

पुरोहित बताते किसी स्त्री को करें दान
उसके चखने से मिलेगी
माँ को स्वर्ग में तृप्ति

मन फिर भी परेशान होता है
नहीं मिलता कोई ढाढ़स
उनकी तृप्ति का कोई सन्देसा
कैसे पहुँचेगा मुझ तक?

मुश्किल ये भी बड़ी अजीब है
धरती से कोई कूरियर सेवा नहीं
भेजा जा सके अम्मा के लिए वहाँ
मौसम के ताज़े अमरूद और जामुन...

92

इस तरह भी जिया जा सकता है...

इन आँखों में उदास रंग है
पता नहीं समय के किन बन्द गलियारों से शुरू होते
और किन सुरंगों में हो जाते गुम

इन आँखों में दुःख
जैसे बहती आयी हो पुराण की कोई देवप्रिया तरंगिणी
अपने चाक पर विरह आँजती

इन आँखों में अरज है
प्रेम ढूँढ़ती पुतलियों की सीलन भरी कोठरियों में
जिनमें लौटने के लिए
बन्द हैं सारे किवाड़

इन आँखों में बिछुड़न
पूरी तरह न पकड़ में आने की विकलता
जैसे देह की हरारत
हथेलियों पर पसीजती हो

वे देखतीं तो खुद की आँखें जुड़ातीं
जुड़ाते जैसे सरोवर के हंस
पहली बारिश की अनुकम्पा से
वे साथ होतीं तो कभी न होता भ्रम
इस तरह भी जिया जा सकता है
प्रेम और विरह की मौजूदगी में निष्कम्प...

93

उजास और भरोसे की महानदी

एक दिन, हर दिन के लिए माँ को खोजते हैं। अक्षरों के मनकों को धागे से खोलकर कि कहीं वे पूजाघर में न बैठी हों, उन्हें खोजते हैं। घर में मौजूद सबसे पुरानी दरी पर बैठकर कुछ सोचते हुए खोजते हैं। कई बार जब मन न लगे काम में और अपनी प्यास की सुध आये, तो उसकी ख़ातिर माँ को खोजते हैं। कई दफ़े तो सिर्फ़ इसलिए क्योंकि उन्हें खोजते हुए हो सकता है अचानक कोई दिलासा, तसल्ली मिल जाये, माँ को खोजते हैं। हताशा से उभर आयी थकान को परे धरकर उनकी गोद को सिरहाना बनाने के लिए खोजते हैं...

दीन-दुनिया के बहलावों से बचने और ख़ुद की बनायी मरीचिका से उबरने के लिए माँ को खोजते हैं। सब जगह से मन हटकर गहरी उदासी हो, तब नैराश्य के उस टिमटिमाते प्रकाश में उन्हें खोजते हैं। कई बार यह भ्रम बचाये रखने के लिए कि हमने उन्हें बेतहाशा प्रेम किया और जी नहीं सकते उनके बिना—माँ को एक पुकार, एक स्वप्न, एक मुस्कुराहट की भाँति खोजते हैं।

ख़ुद को भी इस बात का पता लगे कि बहुत बदल गया है जीवन, भीतर प्रेम, उजास और भरोसे की महानदी सूख चुकी है, हमारे प्रेम का घड़ा रीत गया है—इस उम्मीद में दोबारा से उन्हें पाने और उनके जल-दर्पण में नेह की छाया ढूँढ़ने के लिए खोजते हैं...

94

अब कहीं नहीं

उस चादर का क्या होगा?
शव के साथ जाने पर
जो घाट पर ही छूट गया

उन चूड़ियों को कौन सँभालेगा?
अन्तिम विदा के क्षण
हाथों से जो रीत गयीं

वे साज़ो सामान क्या करेंगे?
रुख़्सती के बाद
जिन्हें बेवजह ज़लावतन किया गया

वे चीज़ें, बातें और स्मृतियाँ अब कहाँ होंगी?
जो जीवन के बाद भी होकर
अब कहीं नहीं हैं...

95

ख़ुशियों की अधबनी माला

ख़ुशियों की माला टूटकर बिखर गयी है
मन की सुमरनी फेरते-फेरते
मनके से चिटक गया है धागा
माँ होतीं तो गूँथ देतीं
एक बार फिर से
बिना गाँठों वाली माला

अब हूँ परेशान
क्या जुड़ सकेगी मेरे विश्वास की माला
क्या मेरे प्रेम में वो सामर्थ्य बाक़ी है
अधबनी माला ही हो जाये
मेरी माँ के लिए कण्ठहार

सुना है आण्डाल भी गूँथती थीं
फूलों की ऐसी माला
जिसे अधबनी ही धारण कर लिया
भगवान रंगनाथ ने
प्रेम और समर्पण का भाव देखकर

मेरी प्रेम और ख़ुशियों की माला भी
टूटी और बिखरी पड़ी है
प्रतीक्षा है किसी जन्म में माँ
उसे ऐसे ही पहन लेंगी
मेरी ममता का मनका बाँधकर...

96

सुखों-दुखों का दर्पण

वे जीवन-भर प्रयासरत थीं
हो सकें सभी के
सुखों-दुखों का दर्पण

उन्होंने ख़ुद को बन जाने दिया
वो धातु जिससे गढ़ा जा सके
अक्षय-पात्र

हमेशा होना चाहा सुरप्रभा वीणा
अपने एकान्त में स्वयं के लिए
छेड़ सकें वेदना के स्वर

जानती थीं वे
कभी भी सरक जायेगा जीवन
बालू की तरह हथेलियों से

इसी कारण जतन करती रहीं उम्र भर
हो जायें ऐसी शस्य श्यामला धरती
जिसकी हरी मुलायम दूब पर
चल सकें उनके बच्चे
बिना पैरों में काँटा धँसाये...

97

काया के उदास संगीत में

इस रात का मैं क्या करूँ?
अपनी आँच से तपाता रहता हरदम
कैसे ओढ़ूँ इसे
किस जतन से बिछाऊँ?

दुःख की तेज बहती नदी के पास
कब तक रुकूँ मैं?
पिछले कई दिनों से
इसका रंग लाल हो गया है
सिहरता हूँ
न जाने कितना लहू बह जाये इसमें
अगले जन्म के इन्तज़ार तक

यह धुआँ है हर तरफ़
या चन्द्रमा की किरचें बिखरी हैं?
गड़ती हैं नींद में जो
और हमारे नेह के रास्ते में भी

इस सब के साथ जब भी
काया के उदास संगीत में लिपटा
अकेला होता हूँ मैं
मेरी इकलौती माँ
कहाँ रहती हो तुम उस वक़्त?

98

सोने की बिछिया

पहनती थीं वो सोने की बिछिया
सुनार कहता बहू जी पैरों में
नहीं पहनना चाहिए सोना

अम्मा हँसतीं, जवाब न देतीं कोई
पहन लेतीं दादी की हिदायत पर
सोने की पायल और बिछिया

राज परिवारों की रवायत रही
स्त्रियाँ पैरों में पहन सकतीं सोने के ज़ेवर

अम्मा चली गयीं
यहीं धरी रह गयीं
बिछिया, पायल, अनवट और पैलनियाँ...

कुदरत की बनाई ऐसी कोई रवायत
नहीं मिली जो दे सकती
थोड़ी और मोहलत ज़िन्दगी को

अम्मा जी सकें, पूरी कर सकें अपनी तमन्ना
ला सकतीं घर में अपनी बहू
पहनाकर वही सोने की बिछिया, पायल और पैलनियाँ...

99

एक गाढ़ा नीला समुद्र...

दिल पर पड़े हुए हैं नीले निशान
कतराने लगा है सपनों में आने से बचपन
सूरज की परिक्रमा करती मेरे हिस्से की पृथ्वी
थकान के भार से हुई जाती निढाल

उन क्यारियों की मिट्टी को भी मालूम है
उनमें फूलों, सब्ज़ियों के बीज डालने वाली
चली गयी है किसी दूसरे नक्षत्र पर
अपने पसन्द के बीज डालने

मन पर लगा हुआ उदासी का लेप
ख़ुशियों के कुएँ से दूर जा गिरी
रस्सी से छिटक कर पीतल की गगरी

दिन अपने कपड़े बदलता रहता है
मन का मौसम फिर भी नहीं बदलता
एक ही जगह पर अटका हुआ है
हारमोनियम के रीड पर एक सुर और सितार का तार

बटलोई में आज तक चिपका रह गया है
जो चला गया उसके हाथ से परोसा हुआ
तृप्ति का दाना

मेरे लिए जीवन की बिसात उलट गयी है
और तारे उलझ गये अपने ही फेंके जाल में

जैसे अन्तरिक्ष एक गाढ़ा नीला समुद्र हो
और तारे मछलियाँ
वैसे ही मन के भीतर रिसता रहता है
लगातार कुछ गाढ़ा नीला
भीतर के समुद्र में आता रहता है ज्वार-भाटा
जब उलझे और टूटे तारों का काफ़िला
देर रात अन्तरिक्ष में उतरता है...

100

मन की सारंगी

भीतर के दुःख का घराना बनाओ
हो सके तो पीड़ा को ठुमरी में गाओ
जाओ उस सितार के पास
जिसके टूटे तारों को कसने वाला
रूठकर चला गया हो अपनी साधना से

थोड़ा ठहरो ज़रा भर सुस्ताओ
बड़े जतन से एक बार फिर
मन की सारंगी उठाओ
देखो शायद बज सके
एक बार फिर दर्द की रागिनी

हो सके तो बचाओ
भीतर रिसते दुःख को
भले ही उसे ठुमरी के नये चलन में गाओ...

■■